シングルママは極上エリートの
求愛に甘く包み込まれる

1

白いカーテンの隙間から真っ青な空が覗いている。

まどろみの中で目覚めた花織《かおり》がゆっくりと体を起こすと、かけられていたシーツがすとんと落ちた。

暖房がついているのか、二月にもかかわらず室内は暖かい。

ぼうっとしたまま自身の体を見下ろせば、何も身につけていない裸体が視界に飛び込んでくる。

直後、花織の眠気は一気に吹き飛んだ。体のいたるところに刻まれた痕《あと》に気づいたからだ。

胸の谷間やぺたんとした腹部、太ももの付け根――

まるで所有欲を示すようなキスマークの数々に一瞬にして頬が熱くなる。

そうして思い起こされたのは、これを体に刻んだ男と過ごした濃密な夜のことだった。

「悠里《ゆうり》さんったら、こんなにたくさん……」

恋人の大室《おおむろ》悠里とは付き合って三年ほどになる。

出会いは今の職場で、大手文具メーカーの営業として配属された花織の教育係が彼だった。

当時の悠里は、入社四年目にしてすでにやり手の営業マンとして知られていた。

その指導はとても厳しくて、くじけそうになったことは何度もある。しかし、それを上回るくらいの優しさや、仕事に対する誠実さに触れるうちにいつしか尊敬の念を抱《いだ》き、やがてそれは恋心へと変わっていった。

だからこそ、出会って二年目の春に彼から告白された時は、心の底から嬉しかった。

その気持ちは今も変わらない。

悠里は付き合い始めた当初も今も、花織のことをとても愛してくれる。

互いに仕事が忙しいこともあり平日に時間を取るのは難しいが、週末は悠里の部屋でゆっくり過ごすことが多い。

土曜の夜は花織の手料理を二人で食べて、その後はベッドで愛し合って眠りにつく。そうして朝日が昇る頃、恋人の温もりと共に起きる。そんな時間が花織はたまらなく好きだった。

——自分は一人ではないと、そう思えるから。

花織は父親の顔を知らない。高校を卒業する頃に母親が家を出ていってからは、三歳年上の姉と二人で支え合って生きてきた。

だからだろうか。両親の温もりを知らない花織にとって、愛する人に抱かれて眠り、目覚める週末はとても幸せな時間に感じるのだ。

しかし今、恋人はベッドにいない。

ドアを隔てたリビングに人の気配がするので、近くにはいるのだろう。それなのに少し寂しいと思ってしまうのは、この三年間で徹底的に彼に甘やかされてきたからだ。

昨夜は少しお洒落なイタリアンレストランでディナーを楽しんだ。

悠里の海外出向が内々に決まったので、そのお祝いとして花織が予約した。

花織が入社した当初から海外志向が強かった悠里だが、営業マンとしてあまりに優秀すぎた故《ゆえ》に、営業部長がなかなか手放さなかった。

そんな中、入社八年目を前にしてようやく念願の海外出向が決まった。

行き先はロンドンで、期間は二年から三年ほどと聞いている。

離れることへの寂しさはもちろんあるけれど、それ以上に嬉しい気持ちの方が大きかった。

今までずっと、彼の仕事に対する熱意を一番そばで見てきたのだから。

『日本で悠里さんの帰りを待ってます。だから、私のことは気にせず頑張ってきてくださいね』

花織は、お祝いにオーダーメイドの革財布をプレゼントした。

それを心から喜んでくれた彼は、昨夜、いつにも増して情熱的に花織を抱いた。体中に刻まれたキスマークがその激しさを物語っている。

何度『もうだめ』と言っても止まらない彼は雄《おす》そのもので、今思い出しても顔が熱くなってしまう。

いつもは宝物に触れるかのような優しい愛撫《あいぶ》をする彼だから、なおさらに。

「……そろそろ起きなきゃ」

花織はベッドサイドに置かれた服を――寝ている間に悠里がたたんでくれたのだろう――取ろうと利き腕の左手を伸ばす。

そして、気づいた。昨夜までなかったものが指にある。

ダイヤモンドが煌《きら》めく指輪。嵌められていたのは——左手の薬指。

「悠里さん……！」

シーツを体に巻きつけた花織は急いで寝室のドアを開けた。すると、マグカップを片手に悠里が振り返る。

「おはよう。ちょうどよかった、今起こしに行こうと思っていたところなんだ」

穏やかな笑顔と共に鼻をくすぐったのは、淹《い》れたてのコーヒーの香り。

テーブルの上にはトーストしたパンと卵料理、フルーツが見える。

とても美味しそうだが、今はそれどころではない。

「あのっ！」

「ん？」

悠里の前に震える左手をそっと差し出す。すると彼は目を瞬《またた》かせ、ふわりと顔を綻《ほころ》ばせた。

「気づいてくれたんだ？」

悪戯《いたずら》が成功した子どものように微笑む悠里を前にこくんと頷く。

当たり前だ。こんなの気づかないはずがない。

「これは……その、つまり……」

付き合って三年ほど。左手の薬指に嵌められた指輪の意味。

そこから導き出される答えは一つしかない。

しかしこんな時、何を言えばいいかわからなくてその場に立ち尽くしていると、悠里はマグカップを静かにテーブルに置いて花織と向き合った。

『特別なシチュエーションじゃなくていいんです。朝起きて、薬指に婚約指輪が嵌まってる……そんなプロポーズが理想です』

「あ……」

「昔、花織はそう言っていたよね」

その言葉に一気に思い起こされたのは、当時入社一年目の花織が先輩社員の結婚披露宴《ひろうえん》に招待された時のこと。その席で『理想のプロポーズは？』という雑談になった際、今彼が言った答えを返したような気がする。

しかし四年も前の話だし、その時はまだ付き合ってすらいなかった。それなのに——

「覚えていたんですか……？」

「もちろん。あの時にはもう花織のことが好きだったからね」

息を呑む花織の前で、悠里は指輪が煌《きら》めく左手をそっとすくい取る。そして、指輪の上にそっと触れるだけのキスをした。

「東雲《しののめ》花織さん」

「は、はい」

「俺は、君の家族になりたい」

今この瞬間、体の内側から湧き上がった衝動の正体を花織は知らない。感動なんて言葉ではとても言い表せないような強烈な気持ち。喜びで息が苦しくなるのなんて初めての経験だった。

『家族』

それは、両親の愛を知らない花織が心の底から欲していたものだ。

「ロンドンには花織にもついてきてほしい。その場合仕事は辞めてもらうことにはなるけど、絶対に苦労はさせない。誰よりも大切にすると約束するよ」

だから、と。悠里はシーツごと花織の体を抱きしめた。

「俺と結婚してくれますか？」

答えは、決まっていた。

「はいっ……！」

嬉しかった。感動で涙が溢《あふ》れて止まらないほどに、彼が自分と一緒に生きる未来を望んでくれたことに心が震えた。今だけは世界で一番幸せなのは自分だと本気で思うくらいに心が浮き立った。

「――よしっ！」

その時、抱擁《ほうよう》を解いた悠里が声を上げる。甘い雰囲気の中での突然のガッツポーズにきょとんとしていると、気づいた悠里がハッとした顔をする。

「……ごめん。安心したら、つい」

「悠里さんでも緊張することがあるんですか？」

「そりゃあもちろん。好きな子にプロポーズするんだから緊張くらいするさ。花織とは先輩後輩の関係で始まったし、そもそも年上だからいつもは余裕があるふりをしてるけどね」

照れくさそうにはにかむ彼を見た瞬間、花織の胸がたまらなくきゅうっと締め付けられた。

愛おしいと……幸せだと、心からそう思った。

◇

プロポーズから一ヶ月後の三月上旬。

土曜日の昼過ぎに、花織は何度も訪れたことのある思い出のカフェで悠里の訪れを待っていた。

二人の勤務先からほど近いこの店は、大通りから逸れた細道の一角に位置している。落ち着いた雰囲気と美味しいコーヒーが魅力的なここに初めて来たのは、新人の時。

悠里が外回りに同行する花織を連れてきてくれたのがきっかけだった。

『たまにここで休憩してるんだ。他のみんなには内緒だよ？』

悪戯《いたずら》っぽい笑顔にときめいたのが、もう随分と昔に感じる。

約束の時間まであと十分。待ち合わせは午後二時。しかし花織は三十分以上前からここにいる。

これから自分がする話について考えると、緊張していてもたってもいられなくなり、予定よりもずっと早く家を出た。

コーヒーは最初の一口を飲んだだけで、すっかり冷めてしまっている。

もったいないと思いながら再び手を伸ばすが、どうしても次の一口を飲むことができない。

喉の奥に硬い何かが詰まっているような感覚がするのは緊張しているからか、それとも恐怖のせいか。きっとその両方だろう、と花織はテーブルの下で強く拳《こぶし》を握る。

悠里と会うのが怖いと思う日が来るなんて、想像したこともなかった。

『俺と結婚してくれますか？』

あの時の花織は、間違いなく幸せの絶頂にいたし、これから始まる悠里との将来に胸を弾ませていた。しかし、あの時思い描いていた幸せな未来は、もう見えない。

「花織」

弾かれたように顔を上げる。緊張していたせいか、声をかけられるまで彼が店に入ってきたことに気づかなかった。

「ごめん、待たせた？」

「……私も今来たばかりです」

「それならよかった。――すみません、ホットコーヒーを一つください」

対面に腰を下ろした悠里は注文を済ませ、花織と向き合う。

「こうして落ち着いて話すのは久しぶりだね」

「そうですね。……姉が亡くなってから、ずっとバタバタしていましたから」

花織はわずかに目を伏せる。

二週間前、姉の夏帆《かほ》が亡くなった。

一人息子の遥希《はるき》を保育園に迎えに行く途中の事故だった。

「……気持ちは落ち着いた？」

「はい、と言えればいいんですけど……やっぱりまだ難しいです」

姉の突然の死に動揺する花織を支えてくれたのは、悠里だった。

彼は、抜け殻のようになってしまった花織に代わって葬儀の手配や仕事の引き継ぎ、さらには遥希の世話まで、嫌な顔一つせずにしてくれた。彼がいなければどうなっていたかわからない。

「姉を送ることができたのは悠里さんのおかげです。海外赴任の準備で忙しい中、本当にありがとうございました」

「俺は特別なことは何もしていないよ。少しでも力になれたのならよかった」

悠里はこの四月からロンドンに駐在することが決定している。

当初は二月中に入籍を済ませて、花織も会社を退社し悠里に同行する予定だった。しかし、その手続きを始めようとした矢先に姉が亡くなり、今日まで落ち着かない日々を過ごしていた。

「そういえば今日、遥希くんは？」

「沙也加《さやか》が見てくれています」

友人でもある同僚の名前をあげれば、悠里は納得したように頷く。

「そっか。彼女、確か前職は保育士だもんな。でも、俺は別に遥希くんが一緒でもよかったのに」

「……今日は落ち着いて話がしたかったので」

「話？」

「はい」

花織はすうっと深呼吸をする。そして、居住まいを正して正面の悠里を見つめた。

「――婚約を解消してください」

ひゅっと悠里が息を呑む。

「勝手なことを言ってごめんなさい。でも……私は悠里さんと結婚することも、ロンドンに一緒に行くこともできません」

事務的に告げる花織に対し、悠里の反応は違った。

いつもは柔和な笑みを湛《たた》えている顔は強張《こわば》り、薄茶色の瞳は驚愕《きょうがく》に見開かれている。

みるみる血の気の引いていく恋人の姿に心臓が掴まれたような痛みを感じた。しかし花織はそれをおくびにも出さず、淡々と続ける。

「慰謝料が必要であればお支払いします。だから……私と別れてください」

花織はバッグから取り出した小箱を差し出す。それが婚約指輪だと気づいた悠里の表情が一変した。

「……意味がわからない」

その声は震えていた。逞《たくま》しい肩も、瞳も揺れている。

(ごめんなさい)

心の中で、彼には届かない謝罪の言葉を口にする。それでも表向きは無表情を貫くのをやめなかった。そうでもしないと、今すぐにでも自分の言葉を撤回したくなってしまいそうだったから。

「本気で俺と別れたいと……婚約破棄したいと言ってるのか？」

長く、重苦しい沈黙を破ったのは悠里だった。

まるで否定してくれと言わんばかりの物言いに、花織は迷いなく頷く。

「冗談でこんなことは言いません」

この答えに悠里はようやく花織の本気を感じ取ったのだろう。彼の瞳に明確な怒りが宿る。初めて悠里からそんな視線を向けられた花織は、たまらずテーブルの下で拳《こぶし》を強く握った。

自分に傷つく資格はない。むしろ傷つけているのは花織の方だ。そうわかっていても、初めて直面する悠里の怒りに体が震えそうになってしまう。

「……理由を教えてくれ。突然そんなことを言われても『わかった』なんて言えない」

湧き上がる感情を必死に抑え込むようにして、悠里が低い声で問う。怒りを露《あら》わにしながらも、やはり悠里は冷静だった。

立派な人だ。普通なら「ふざけるな！」と一喝《いっかつ》して感情のまま問いただしてもおかしくないのに、彼はそうしない。もしも逆の立場であれば、花織は人目も憚《はばか》らず涙を流して問い詰めていただろう。

改めて恋人の器の大きさを実感しつつ、花織は口を開いた。

「遥希を正式に引き取ることに決めたんです」

「遥希くんを？」

「……はい」

遥希に父親はいない。花織が何度聞いても、夏帆は父親について頑《かたく》なに答えようとしなかった。

妊娠中は「父親のいない子どもを本当に産むのか」と思ったこともある。それでもいざ生まれてみれば、甥《おい》は本当に可愛らしくて、それ以降は夏帆と一緒になって子育てに奮闘してきた。

「姉が亡くなった今、遥希の親族は私だけです。私にとって、遥希は自分の子どもも同然です。あの子を施設に預けて、私だけ結婚して幸せになるなんてできません。だから……ごめんなさい」

花織はきっぱりと告げる。しかし、悠里は納得がいかないように首を横に振る。

「……わからない。どうしてそれが別れることに繋がるんだ？」

「どうしてって――」

「予定通り俺と結婚して、二人で遥希くんを育てればいい。君が彼の母親になるなら、俺が父親になる」

迷いのない言葉に今度は花織が息を呑む番だった。

「……血の繋がらない他人の子どもの父親になるつもりですか？」

「『他人の子ども』じゃない。君にとって大切な子どもなら、俺にとっても身内と同じだ」

「…………」

「俺も遥希くんのことは可愛く思ってる。あの子が夏帆さんのお腹にいる時から見守ってきたんだ。遊んだ回数だって数えきれない。一緒に暮らしてもなんの問題もないはずだ」

「……たまに会って遊ぶのと、親になるのとでは違います」

親になるのは簡単なことではない。花織自身、姉亡き今、遥希を引き取ると決めたものの、母親になる覚悟ができたわけではないのだ。それなのに悠里は微塵《みじん》も悩むことなく「父親になる」と言い切った。それに対して真っ先に浮かんだのは、喜びではなく戸惑いだ。

――どうしてそんな簡単に言えるのか。

そう、思ってしまった。

「私は、ロンドンには一緒に行けません」

ただでさえ遥希は母親を亡くして不安定になっている。その上、外国に……なんて、考えられなかった。それは悠里もわかっているはずなのに。

「なら、花織と遥希くんは日本に残ればいい。俺もロンドンに行ったきりというわけじゃない。なるべく帰ってくるようにする。父親が海外に単身赴任をしている家庭なんていくらでもある」

「それはもともと家族だった場合の話です。私たちは、違いますよね」

「これから家族になるんだから同じようなものだ。それがだめなら、ロンドン行きを諦める」

花織は絶句した。

ロンドン行きが決まった時の彼の喜びようを昨日のことのように覚えている。

結婚のために長年の夢を諦めるなんて、そんなこと花織は望んでいない。

むしろ自分の存在が彼の未来の妨《さまた》げになることだけは、絶対にあってはならないと思った。だからこそ苦渋の思いで彼と離れることを決めた。

これから花織は遥希の母親代わりとなる。義務感からではない。そうなろうと自分で決めたのだ。

遥希が好きだから。あの子は大好きな姉の残した、たった一人の大切な甥《おい》っ子だから。

でも、悠里は違う。どれだけ遊んだことがあっても、可愛がっていたとしても、彼にとっての遥希は他人の子ども。その子との生活のために夢を諦めるなんて――

（そんなの、絶対にだめよ）

そうなったが最後、花織は自分で自分が許せなくなってしまう。

「結婚して単身赴任の形を取るのも、ロンドン行きを諦めるのも、現実的でないのは悠里さんもわかるでしょう？」

「わからない」

「……悠里さん」

「俺は別れない」

「悠里さん！」

一歩も譲らない悠里に、たまらず花織は声を上げた。

「どうして、わかってくれないんですか……」

「わかるはずないだろう、そんなこと！」

対する悠里もまた、声を荒らげた。

初めて聞く彼の大声に、反射的に肩をすくめる。それに気づいた悠里はすぐにハッとした顔をして「すまない」と小さな声で謝罪するが、そこに普段の余裕のある姿はどこにもなかった。

それは花織も同じだった。

「……今の君は、夏帆さんが亡くなったばかりで動揺してるんだ。だから簡単に『別れる』なんて言える。少し冷静になったらどうだ？」

婚約破棄を申し出た花織に対する怒りのせいか、悠里はため息と共にそう吐き捨てる。

まるで、聞き分けのない子どもに言い聞かせるように。

しかし、そんな彼の言動はかえって花織から冷静さを奪い取った。

(簡単になんて、言えるはずない)

悠里が好きだ。彼とこの先の人生を共に歩むのだと思うと、本当に幸せな気持ちになれた。仕事を辞めることは残念だけど、それ以上にロンドンで過ごす新婚生活を楽しみにしていた。

だからこそ遥希を引き取ると決めるまで、何日も眠れなくなるほど悩んだ。

自分と、悠里と、遥希。三人のためにどうするのが最善なのか、悩んで、悩んで、悩み続けて。

そうしてようやく出した答えを、悠里は「気の迷いだ」と切り捨てた。

「……冷静じゃないのは、あなたも同じでしょう」

「何?」

「『父親になる』『ロンドン行きを諦める』なんて、簡単に言わないでください。もし本当にそうなった時、悠里さんは自分の選択を後悔しないと言えますか?」

悠里は大きく目を見開く。

「長年希望していたキャリアを諦めて、他人の子どもを育てて、『あの時ああしていれば』と思いませんか? 私を……遥希を選んだことを、絶対に後悔しないと言い切れますか?」

「それ、は……」

「もしもそうなったら、私はそれを受け止めきれません。何よりも……あなたが後悔する姿を見たくないんです」

悠里は口を閉ざす。それが、何よりの答えだった。

口では「諦める」と言いながらも、悠里は海外に行くことを望んでいる。

そして、甥《おい》を引き取ることを決めた花織が、彼と一緒に行くことはない。

どれだけ愛し合っていたとしても、今の二人はそれぞれ優先するものが違う。

ならばこれ以上はどれだけ話し合っても平行線になるのは明らかだった。

「俺はただ、花織と一緒にいたいだけなんだ」

その言葉も、一心に注《そそ》がれる強い眼差しも、全てが花織を好きだと告げていた。

「……ありがとうございます」

こんなにも自分を愛してくれる人は後にも先にも悠里だけだろう。

彼と付き合った三年間、花織は本当に幸せだった。誰かを愛する気持ちも、愛される多幸感も全ては悠里が教えてくれた。

「悠里さんには本当に感謝しています」

「やめてくれ！　……そんな言葉が聞きたいんじゃない。頼むから、別れるなんて言わないで」

縋《すが》るような声も、こんなにも頼りない姿を見るのも初めてだった。

花織の前の悠里は、いつだって包容力のある大人の魅力に溢《あふ》れていた。そんな人の顔を苦痛で歪《ゆが》める自分は、やはり相応《ふさわ》しくない。

「ごめんなさい」

花織は深く頭を下げる。

「お願いします。……私と、別れてください」

頑《かたく》なに頭を上げようとしない花織を見て、悠里が何を思ったのかはわからない。やがて彼はため息をつき、震える声で告げた。

「……俺は、君にとってそんなにも頼りない存在だったんだな」

「ちがっ――」

「違わないだろう。相談一つせずに別れを決めたのがその証拠だ」

――そんなことない。

喉元まで出かかった否定の言葉を花織は寸前で呑み込んだ。何を言ったところで結局は言い訳にしかならないとわかっていたから。

「君の気持ちはわかった」

俯《うつむ》いたまま、唇をきつく噛み締める。

「……少し、考える時間をくれ」

席を立つ音がする。

花織が顔を上げた時には、すでに悠里の姿は消えていた。

2

――よかった。今期もなんとか目標は達成できそう。

年度終わり目前の三月下旬。

午前の外回りからオフィスへ戻る道中で花織はホッと一息をつく。

今の会社に入社して早八年。

営業一筋の花織だが、年度末の忙《せわ》しなさにはいまだに慣れない。

花織の勤める株式会社季和《きわ》文具は三月が決算期ということもあり、営業部では今月頭からぴりぴりとした雰囲気が続いていた。普段はどちらかと言えば和気藹々《あいあい》としている部署だけに、最後の追い込みとばかりに日々数字に追われる毎日は、精神的にもかなりくるものがある。

しかし、それもあと数日で終わりだと思えば自然と気持ちも上向きになるというものだ。

季和文具は文具の製造、仕入れ、販売を行う国内でも有数の大手文具メーカーだ。

創業八十年を超える老舗《しにせ》企業で、海外にも複数の拠点を有している。

花織は八年前に新卒として入社してから、ずっと東京支社の営業部に所属していた。今は主に都内の文具店をターゲットに営業活動をしている。

元来人と話すのが好きな性格に加え、大学時代は接客メインのアルバイトに従事していたこともあって、営業職は花織の肌に合っていたようだ。おかげで、部内でも上位の成績を収めることができている。

ちなみに九月から三月までの下半期の営業成績は夏季賞与に反映される。

この調子なら次のボーナスは期待できるかもしれない。

(その時は遥希に何かしてあげたいな)

賞与の使い道で真っ先に思い浮かぶのは、愛しの甥《おい》っ子・遥希だ。

三年前、姉の死をきっかけに花織は甥《おい》を引き取ることに決めた。

今現在、花織は家庭裁判所の許可を得て遥希の未成年後見人――親権者の死亡等により親権を持つ者がいない場合、親権者に代わって未成年者の財産管理や身上監護をする法定代理人を指す――となっている。

祖父母などの直系親族の場合は、裁判所の許可なしに養子とすることができるが、叔母の場合は少々煩雑《はんざつ》な手続きが必要になる。

当初、花織は遥希を養子に迎えることだけを考えていた。

しかし、未成年者を引き取る手続きについて調べるうちに考えが変わった。

姉が母親でいられたのは一年十ヶ月だけだったけれど、遥希をどれほど愛していたかを花織は知っている。そして、遥希が「ママ」と呼ぶのも夏帆だけだ。

『ママ』

それは、遥希が一歳半を過ぎた頃に初めて発した言葉でもある。

たとえ記憶はほとんどなくとも、彼にとっての母親は姉なのだ。

そして自分は姉の代わりに遥希を育てている。

ならば、あえて養子縁組にこだわらずともいいと思った。

だから、遥希が自分で選択できる十五歳になった時に、改めて養子について考えればいい。その時、もしも彼が自分の子どもになることを望んでくれるのなら、喜んで養子に迎えようと思った。

とはいえ気持ちの上では我が子同然に思っている。

それこそ、給与の使い道で真っ先に思いつくくらいに。

花織の給料は特別高いわけではない。しかし、大手企業勤務に加えて営業の成績が好調なこともあり、二十九歳の女性としてはそれなりに多い方だろう。

会社から家賃補助も出ているから、今のところ遥希と二人食べていく分には困らない。

しかし、シングルであるのに加え、遥希が成長するにつれてかかる費用が増えていくのも事実だ。今後の教育資金をしっかり貯めておくためにも贅沢《ぜいたく》はしていられない。

(気持ちだけで言えば、好きなおもちゃをたくさん買ってあげたいところだけど、あげすぎもよくないし……。旅行とかに行ってみる?)

夏には子ども向けのイベントがあちこちで開かれるだろうし、旅行を兼ねて遠出してみるのもいいかもしれない。

遥希と過ごす夏について考えるだけで自然と頬が緩んだ。

女手一つで子どもを育てるのは、思っていた以上に大変なことの連続だった。それでも子どもの笑顔には、日々の苦労を簡単に吹き飛ばすくらいのパワーがある。もちろん、悩みも尽きないのだけれど。

目下の悩みは遥希と過ごす時間の少なさだ。

最近は、繁忙期《はんぼうき》ということもあり連日残業が続いていた。

保育園のお迎えも閉園ぎりぎりに滑り込む日が多く、帰宅して夕飯と入浴を済ませたらあっという間に寝かしつけの時間が来てしまう。

朝も始業時間に間に合わせるためには、七時過ぎに家を出て保育園に送り届ける必要がある。

おかげで平日は遥希とゆっくり過ごす時間がほとんど取れていなかった。

この一ヶ月、奇跡的に遥希が体調を崩さなかったおかげで仕事に集中できたものの、寂しい思いをさせているのは間違いない。

何よりも花織自身、遥希が圧倒的に不足しているのを感じている。

今の花織にとっての生きる意味は遥希だ。

遥希に美味しいものを食べさせたい。楽しい経験をたくさんさせてあげたい。

可愛い洋服だって着せたいし、おもちゃも買ってあげたい。

遥希には生まれた時から父親がおらず、たった一人の母親さえも事故で亡くしてしまった。だからこそ、唯一の家族である自分が彼を幸せにしなければならないと思っている。

電車に揺られながら、花織は営業用のバッグからスマホを取り出した。

今の待受は、車掌の格好をした遥希がピースサインをしている画像だ。

現在四歳。来月には五歳を迎える甥《おい》っ子の今のブームは、蒸気機関車をはじめとした鉄道全般。

二歳頃、遥希はイギリス発の某有名鉄道アニメに大ハマりした。

そこで試しに図鑑を買い与えてみたところ、かなり気に入ったらしい。

年少頃まではアニメを楽しんでいたが、今ではすっかり小さな鉄道オタクとなり、最近ではＳＬが変形するロボットアニメを夢中になって楽しんでいる。

そんなに好きなら……と先月、花織は遥希を連れて群馬県高崎市に赴《おもむ》いた。

運行日は限られているものの、今も高崎駅と水上《みなかみ》駅の間には蒸気機関車が走っているのを知ったからだ。そして実際にD51形蒸気機関車――通称「デゴイチ」に乗せてみた時の遥希の喜びようは、それはもうすごいものだった。

腹の底に響くような汽笛《きてき》の音や、目の前が見えなくなるくらいの黒煙に驚いてはいたものの、車内ではずっとニコニコしていたのが記憶に残っている。子ども用の車掌服を着て満面の笑みを浮かべた時なんて愛らしくてたまらなかった。

（遥希をぎゅうってしたい……）

幼児特有の温かい体温と柔らかい体を思い出すと、自然と頬が緩むのを感じる。

『ぎゅってして！』

『ほっぺ、くっつけよ！』

遥希は花織に抱きしめられたり、頬をくっつけるのが大好きで、そう言ってよく甘えてくる。それに応《こた》えると本当に嬉しそうにニコニコと笑うのだ。

（決めた。今日は何がなんでも定時で帰る！）

そして遥希を思い切り抱きしめて、たくさん甘やかすのだ。


「おかえり、花織」

帰社した花織が自席に戻ると、待っていましたとばかりに向かい側の席から声がかかる。

話しかけてきたのは、同い年の野村《のむら》沙也加。

花織と同じ営業職の彼女は、百七十センチの長身と華やかな見た目の持ち主で、東京支社一の美女としても知られている。とはいえその美貌を鼻にかけることのない、さっぱりした性格の沙也加は、花織にとって気心の知れた友人だ。

「沙也加もおつかれさま。今からお昼？」

「そう。今から社食に行こうと思ってたところ。花織も一緒にどう？」

「ありがとう。でも今日はお弁当を持ってきてるから」

「あっ、そうか。今日は金曜日だから、保育園がお弁当の日ね」

「そういうこと」

沙也加とはプライベートでも遊ぶ仲だ。元保育士の沙也加は、子どもの扱いに慣れていて、遥希も「さやちゃん」と呼んですっかり懐《なつ》いている。沙也加も沙也加で「遥希」と呼んで可愛がってくれていた。

「ちなみに今日は何を作ったの？」

「オムライス、タコさんウインナー、卵焼きとほうれん草の胡麻和《ごまあ》え」

「いつもの遥希のリクエスト？」

頷く花織に、「いいなあ」と沙也加が呟いた。

「私も花織のお弁当が食べたいわ。花織の料理すっごく美味しいんだもん。今度私にも作ってくれない？　お代は増しで払うから」

「お金なんて取らないわよ。でも、普通の家庭料理よ？」

「その『普通の家庭料理』がいいのよ。私は家事全般が苦手だから、花織を見てるとすごいなって感心する。可愛くて優しくて、仕事もできて料理もできるなんて最高じゃない。私が男ならすぐにでもプロポーズするわ」

友人の軽口に苦笑する。

「そう？　私が男の人なら、自分より沙也加を選ぶけど」

「あら、どうして？」

「だって、こんなに美人で性格もよくて、さっぱりした子はなかなかいないもの」

素直に答えれば、沙也加は恥ずかしそうにはにかむ。その姿を見て素直に「いいな」と花織は思った。

パッと見は気の強そうな美女なのに、こうして時折見せる可愛らしさがたまらない。遥希に感じるのとはベクトルの違う可愛さだ。

「――っと、独り身同士褒《ほ》め合ってても仕方ないわね。社食、行ってくるわ」

「ふふっ、行ってらっしゃい」

沙也加は財布を片手に席を立ち、フロアを出ていった。

(あいかわらず元気だなぁ。私も見習わないと)

保育士から転職してきた沙也加は、同い年だが会社では後輩ということになる。

初めて彼女を見た時、その圧倒的なオーラに『上手くやっていけるだろうか』と不安になったのが今となっては懐《なつ》かしい。

沙也加はよく『花織は私の癒《いや》し』と言って持ち上げてくれるが、あいにく花織は特筆すべき点のないごくごく平凡なアラサー女性だ。

身長は日本人女性の平均とほぼ同じ百五十八センチ。沙也加のような人目を引く美貌はなく、「愛嬌《あいきょう》のある顔だね」と言われるような顔だ。

肌の白さやきめ細かさを褒《ほ》められることはあるものの、せいぜいその程度だと自覚している。

昔は背中まで伸ばしていた髪を今はショートボブにしているからか、ただでさえ子どもっぽい顔に拍車をかけている。

初対面の相手に年齢を伝えれば驚かれるし、実年齢の二十九歳に見られることはまずない。

沙也加と並ぶと十中八九年下に見られるのは花織の方だ。

実のところ、昔から実年齢より低く見られがちなのが、密かにコンプレックスだったりする。

以前、沙也加にそうこぼしたところ『若く見られるなんて最高じゃない』と目を丸くされたが、営業職をしていると必ずしもいいことばかりではなかった。

女性の活躍がうたわれて久しい昨今、季和文具でも積極的に女性管理職の登用を推進したり、産休育休後に復帰しやすいよう時短勤務を推奨したり……とさまざまな取り組みが行われている。

中にはリモートワークが主になりつつある部署もあるくらいだ。

勤務形態もフレックスタイム制を採用しており、午前十時から午後三時までのコアタイムの間さえ勤務していれば、それ以外の時間は各人の裁量に一任されていた。

営業という職業柄、花織は取引先に合わせて午前八時から午後五時という時間で働いているが、それでもシングルマザー——正確には違うけれど——にとって働きやすい会社であるのは間違いない。

しかし、そんな季和文具であっても営業職はまだまだ男性社員の割合が多く、東京支社営業部も女性の営業職は部署全体の三割にも満たない。

営業先でも『今度の担当さんは女の人か』とがっかりされることも珍しくなかった。

ただでさえ男社会の中での童顔は、仕事上有利に働くことはほとんどない。実際、新入社員の頃は、取引先に顔を顰《しか》められるたびに泣きたくなったものだ。

それでも辞めずにいるのは、純粋に営業という仕事が好きだから。

そして、そう思わせてくれた人がいたからだ。

——大室悠里。

花織の元教育係で、婚約者であった人。

『……少し、考える時間をくれ』

結局、あれが「恋人」として交わした最後の会話となった。

あの日以降、花織と悠里は仕事上では必要最低限の会話しかせず、プライベートでの接触は一切なかった。ロンドンに渡る前に悠里から連絡が来ていたけれど、花織がそれに返事をすることはなかった。話し合いをしたところで平行線なのはわかっていたし、どうあっても自分たちの行き先が交差することはないのだから。

結果、二人の関係は自然消滅のような形で終わり、悠里はロンドンへ発ったのだった。

(……悠里さん、元気にしているかな)

別れてから今日までの三年間、悠里とは一度も連絡を取っていない。

もちろん向こうから電話やメールが来たこともない。

だがそれも当然のことだと思う。

彼はあんなにも花織を大切にしてくれたのに、自分は一方的に婚約破棄を突きつけたのだ。

そんな女のことなんて思い出したくないと思うのが普通だし、むしろ恨まれていても不思議ではない。

それでも花織の耳には、しばしば悠里の話題が飛び込んできた。

というのも、彼が出向して以降、ロンドン事業所の売り上げは右肩上がりだからだ。

近年、品質がよくデザイン性や技能性にも優れた日本製の文具は海外でも人気がある。

海外での需要を踏まえて季和文具が国外への販路を広めようとしている中、悠里は見事にその役割を果たしてみせたのだ。

もともと彼は、日本にいる時からとても有名な社員だった。

社内随一の営業成績、敵を作らない人好きのする穏やかな性格。そして何よりも見る人の目を奪わずにはいられない端整な顔立ち。

天から二物も三物も与えられた存在。それが大室悠里という男だった。

そんな彼と花織がかつて交際していたことを知る人はほとんどいない。

社内恋愛はただでさえ周囲から詮索《せんさく》されたり揶揄《やゆ》されたりする。同じ部署に勤める以上、それは避けたいと二人で話し合い、交際を隠すことに決めたのだ。

今となってはそれでよかったと思っている。

別れた当時、花織は仕事と育児に目が回るような日々を送っていた。その上、噂の的になっていたらとてもじゃないが、心が持たなかっただろう。

(本当に、私にはもったいない人だった)

別れてから三年も経ったのだから、きっと今の悠里には素敵な恋人がいるだろう。

それを想像すると胸がざわめく。

(……何を、今さら)

彼と生きる未来を自ら捨てておきながら、「辛い」だなんて自分本位過ぎる。

花織は深呼吸することで速まる鼓動を落ち着かせると、弁当箱をしまい化粧室に向かう。

そうして歯磨きと化粧直しを済ませて再びフロアに戻った時、違和感に気づいた。

先ほどまで閑散としていたフロアがやけに騒々しい。

誰も彼もがパソコンのディスプレイを凝視して、身近な社員とひそひそ何かを話している。

不思議に思いながら自席につくと、先に戻ってきていた沙也加が向かい側から顔を覗かせた。その表情がどことなく翳《かげ》っている。それに花織は目を丸くした。

「どうかしたの?」

「さっき、社内メールで人事異動が発表されたのよ」

「ああ、そういえばもうそんな時期ね」

季和文具では四半期ごとに人事異動が行われる。四月一日付の異動は例年三月下旬に通知されるから、ちょうど花織が席を外している間にメールが来たようだ。

それにしたってこんなにざわつくものだろうか。

不思議に思いながら花織はデスクトップパソコンでメールを開く。

そして、息を呑んだ。

同時に沙也加の表情の意味も理解する。

【人事異動社内通知書】
大室悠里
海外事業部ロンドン事業所営業担当の任を解き、東京支社商品企画部課長を命じる。

メールの添付ファイルには、そう記されていたから。

「……大丈夫?」

公私共に親しい沙也加は、花織と悠里の過去の関係を知る社内で唯一の人物だ。別れるにいたった経緯も知っている。心配そうにこちらを見ていたのもそのためだろう。

「顔が真っ青よ。一緒に医務室に行こうか?」

「……ありがとう。でも、平気。ちょっと驚いただけだから」

花織はなんとか笑顔で答える。それが虚勢なのは沙也加にもわかっていただろうが、彼女は「無理はしないでね」と言うだけで、それ以上会話を続けることはなかった。

友人の気遣いに感謝しつつも、体は冷えきっていた。

さあっと全身から血の気が引いていき、ドクドクと心臓が激しく鼓動し始める。

駐在期間は二年から三年と聞いていた。そして間もなく悠里が日本を発って丸三年。

そう遠くないうちに彼が帰国するだろうことは花織も予測していた。それなのに。

(……悠里さんが、帰ってくる)

その事実にどうしようもなく心が揺れた。


それから退勤までの時間、花織は無駄口一つ叩くことなく仕事に集中した。

少しでも気を抜いたが最後、悠里のことで頭がいっぱいになってしまいそうだったからだ。そのおかげで、当初の予定通り午後五時には退社することができた。

早足で駅に向かい、電車に揺られること約二十分。

自宅の最寄り駅に到着した花織は、駅前の駐輪場に停めていた自転車に乗って、駅から五分ほどの保育園へ向かう。

園児の引き渡し場所である正面玄関に行くと、他にも何人か迎えの保護者たちがいた。

顔見知りの保護者と簡単な挨拶《あいさつ》を交わし、入り口にいた先生に遥希の迎えであることを伝える。

すると、すぐに「遥希くん、お迎えが来たよー!」と教室に向かって声掛けをしてくれた。

それから程なくして先生と共に園児服を着た遥希がやってくる。花織を見るなりぱあっと顔を輝かせた遥希は、パタパタと駆けてきた勢いのまま飛びついてきた。

「かおちゃん！」

「遥希」

それを正面から受け止めた花織は、胸下の位置にある丸くて形のいい後頭部を撫でながら、視線を先生に向ける。「お世話になりました」と軽く礼をすれば、花織と同年代の女性保育士はにこりと笑う。

「先生、さようならー！」

二人で手を繋いで自転車置き場へと向かう。遥希を抱き上げ、自転車の後ろのチャイルドシートに座らせ、ヘルメットとシートベルトを締めてやる。

「よーし。じゃあ行くよ。ちゃんと掴まっててね」

「はーい」

元気のいい挨拶《あいさつ》に小さく笑い、帰路につく。

荷台から感じる重みは、この三年で随分と増した。

(大きくなったなぁ)

今は当たり前の送迎の日々も、あと何年かすれば懐《なつ》かしい思い出に変わるのだろうか。

頭の片隅でそんなことを考えていると、少しだけ感傷的な気分になってしまう。

「かおちゃん！」

するとそんなことは知らない遥希が、大きな声で後ろから呼びかけてくる。

「今日の夜ごはん、なに？　オムライスがいい！」

「えぇ？　でも、お弁当もオムライスだったよ？」

「だって好きなんだもん！」

「うーん……じゃあ、オムライスはまた今度作ってあげる。だから今日はハンバーグでもいい？」

「いいよー、ハンバーグも好きだし」

「決まりだね」

そんなやりとりをしていると、自然と思考が母親モードに切り替わる。

そうして自転車を走らせること約十分。帰宅したのは築二十年ほどの三階建てマンション。二年前に引っ越してきた、花織と遥希の小さな城だ。

１ＬＤＫの間取りはけっして広いとは言えないものの、近くには昔ながらの商店街があって買い物をするのに便利だし、徒歩圏内にはかかりつけの小児科もある。

最寄り駅には大型のショッピングモールが併設されていて、子育てをするにはとても環境のいい場所だ。

「手洗いとうがい、しっかりしてね」

「はーい」

「服も着替えちゃおう」

「ぬいだのはカゴに入れちゃっていい？」

「いいよ、ありがとう」

四歳にして帰宅後の流れは慣れたものだ。

靴を脱いだ遥希はまっすぐ脱衣所に向かうと、踏み台に上《のぼ》って手洗いうがいをしっかりする。

そうして下着以外の服を全て脱ぎ捨て洗い物用のカゴに入れると、花織が手渡した部屋着に着替え始めた。小さい体で一生懸命身支度を整えた遥希は、リビングのソファに座ってタブレットで動画を観始める。

花織はそれをカウンターキッチンの中で見守りながら、早速夕飯の準備を開始した。

今夜のメニューはハンバーグと味噌汁、ポテトサラダだ。

週末に下準備をしておいたハンバーグのタネを冷凍庫から取り出し、レンジで解凍している間、味噌汁用の玉ねぎを切り、乾燥わかめを水で戻す。

味噌汁作りと並行してハンバーグを焼きながら、花織はリビングに視線を向けた。

「遥希、ハンバーグに何かのせる？　チーズとか、目玉焼きとか」

「どっちも！」

おっとそうきたか、と花織はクスリと笑う。

「わかった、両方ね」

そんな会話をしながらハンバーグをひっくり返す。

(そうだ、お風呂のお湯を張らないと)

蒸し焼きにしている合間に風呂場を簡単に掃除して、浴槽にお湯を入れ始める。

平日の帰宅後はいつだって慌ただしい。この三月は特に忙しく、帰ってきて食事を作る段階で八時近くになるのもざらだった。しかし今日はまだ六時半を過ぎたばかり。

この時間に家にいるのは久しぶりだ。

「できたよー」

「えー。でもまだこれみたい！」

「気持ちはわかるけど、ご飯は温かいうちに食べた方が美味しいよ」

気軽に観られる動画配信サービスは四歳児にとって面白くて仕方ないらしい。

花織が促《うなが》して素直に食卓につくのはだいたい五割くらいで、『まだみてるの！』と引かないこともざらにある。

さて、今日はどちらだろうか。

見守っていると、遥希はタブレットをローテーブルに置いてくるりとこちらに向かってくる。

「もー。しょうがないなー」

そして、はぁ、とわざとらしいため息をつきながら椅子に座った。

その様子に思わず笑ってしまった。言い方といい、ため息をつく姿といい、自分とそっくりだったからだ。本当に子どもは大人のことをよく見ている。

「いただきます」

「いただきます！」

向かい合って夕食を食べ始めてすぐのことだった。

「かおちゃん！」

「ん、どうしたの？」

「ハンバーグ、すっごくおいしい！　ありがとね」

遥希は満面の笑みを浮かべた。

「かおちゃん」の料理が大好きな甥《おい》っ子は、しばしば『おいしい』『ありがとう』と言ってくれる。

そのたびに彼の素直さと愛らしさに喜ぶ花織だが、今日だけはすぐに反応できなかった。

『今日も美味しいよ。いつもありがとう、花織』

『君の料理、やっぱり好きだな』

その声を。言葉を。笑顔を。

――かつて愛した人と共に囲んだ食卓を思い出してしまったから。

「かおちゃん？」

「あっ……うん、ありがとう」

たくさん食べて大きくなってね、と続ければ遥希はにっこりと笑ったのだった。

夕食後、一緒に風呂に入った後は早々にベッドに入る。遥希お気に入りの鉄道図鑑を一通り読み終えてから電気を消せば、五分と経たないうちに静かな寝息が聞こえてきた。

(こんなに早く寝るなんて、お姉ちゃんが見たら驚くだろうな)

赤ん坊の頃の遥希は本当に寝ない子どもだった。

生後半年頃までは、二時間から三時間おきに目覚めては泣いていた。

オムツを変えてミルクをあげて、ようやく寝かしつけたと思った頃には二時間が経っている。そこから再びミルクの時間が始まる。あの頃は常に寝不足だった。一晩通して眠るようになったのは生後半年を超えた頃で、姉と二人でホッとしたのは記憶に新しい。

「……遥希も頑張ってるんだよね」

幸い保育園には楽しく通ってくれているが、朝八時前から夕方六時頃まで保護者と離れるのは四歳児にとってはとても長い時間だろう。保育園というコミュニティで、この小さい体で頑張っているのだと思うと、それだけで胸がぎゅっと締め付けられた。

もうすぐ五歳。四月生まれの遥希は、同学年の子どもの中では大きい方で、何よりも本当におしゃべりな子だった。

今日だって食事の時もお風呂の時も、花織が聞く前に保育園であったことを話してくれた。

——本当に大きくなった。

一方で、バンザイをして眠るところは赤ん坊の時と変わらない。真っ白ですべすべの肌も、さらさらとした髪の毛もそう。

時にわがままを言って花織を困らせたり、頑固なところもあるけれど、おしゃべりで優しくて可愛い、自慢の甥《おい》っ子だ。

姉の忘れ形見である彼は、これまで大きな病気や怪我もなく、すくすくと育ってくれている。

遥希は腹を痛めて産んだ子ではないし、自分は彼の後見人であって母親でもない。

遥希も幼いながらにそれは理解しているようで、花織を「ママ」と呼ぶことは一度もなかった。

それでも、花織はこの子のためならいくらでも頑張ることができる。

(今は、遥希のことだけを考えないと)

今の自分に終わった恋を懐《なつ》かしむ余裕はない。

別れてからも、ふとした時に悠里のことを考えることはあった。しかし、今日のように言葉が出なくなるほどはっきり思い出したのは随分と久しぶりだった。

「悠里さん……」

無意識にその名前を唇に乗せる。

だからだろうか。その晩、花織は悠里の夢を見た。

出会ったばかりの頃の夢を。

◇

『こんな若い子が次の担当?』

面前であからさまにため息をつかれたのは、入社してちょうど三ヶ月が経った頃だった。

試用期間から本採用になった花織は、悠里の担当先をいくつか引き継いだ。

そのうちの一つ、初めての取引先に伺ったところ、待ち構えていたのは厳しい洗礼だった。

『女性の営業ってやりづらいんだよね。違う人に代えられないの?　こちらとしては今まで通り大

めた。

そんな相手に、悠里は担当を外れた後も自分が花織をバックアップすることを伝え、その場を収
取引先の担当者は花織には一瞥《いちべつ》もくれず、悠里だけを見ていた。

室君に担当してほしいんだけど』

その間、花織ができたのは愛想笑いを浮かべることだけ。でも本当は悔しかったし、悲しかった。

帰社後、どん底まで凹《へこ》んだ花織に悠里は言った。

『凹《へこ》むのはわかる。相手の言い方もどうかと思うしね。でもこればかりは落ち込んでも意味はない。東雲さんが女性なのは事実なんだから、それについては悩むだけ時間の無駄だ』

こんな時は嘘でも慰《なぐさ》めるものではないかと思っていただけに、彼の言葉には驚いたし傷ついた。

しかし悠里は、花織を突き放したわけではなかった。

『でも、俺としてはこの仕事に性別は関係ないと思ってる。男でも女でも要は数字を上げればいいんだから、そういった面では営業職はとてもシンプルだ。これまで俺は、教育係として教えられることは全て教えてきたつもりだ。だから自信を持って』

そう言って、悠里は優しく微笑んだ。

『東雲さんなら大丈夫だと思って引き継いだんだ。それに何かあれば……いや、何もなくてもいつでも俺を頼っていいよ。君の後ろには俺がいる。だから、一緒に頑張ろう』

多分、花織がはっきり彼への恋心を意識したのはこの時だ。

上《うわ》っ面《つら》だけの慰《なぐさ》めの言葉ではない。心のこもったその言葉に、頼りがいのある姿に、花織はどう

しようもなく惹かれたのだ。

悠里はたくさんのことを教えてくれた。

社会人として当たり前のことからイレギュラー時の対処方法まで、彼は花織に営業のノウハウを一から徹底的に叩き込んだ。柔和な外見に反して教育係としての悠里は「厳しい」の一言に尽きたが、花織が悠里を嫌うことはなかった。

彼の言動からは、いつだって『花織が成長するように』という思いが感じられたから。

むしろ一緒にいればいるほど尊敬の念が募《つの》った。そんな彼に告白された時は夢を見ているのかと思ったし、プロポーズされた時は涙が出るほど嬉しかったのだ。

◇

四月一日。

新年度のスタートでもあるこの日、出勤した花織はいつになく緊張していた。

理由は言うまでもなく悠里である。

今日から花織と悠里は同じオフィスで働くことになる。

ふとした時に彼を目にすることがあるかもしれない——いいや、間違いなくあるだろう。

営業部と商品企画部はフロアこそ異なるものの、共に仕事をする機会が折々にある。

簡単に言えば、営業は商品企画部が企画立案して生まれた製品を売るのが仕事だ。

企画の段階から会議に参加することは多々あるし、反対に営業戦略を考える際に企画側の意見を求めることも多い。共に取引先に赴《おもむ》くことも珍しくなかった。

現に今朝も、沙也加が商品企画部の社員と取引先に行くと話していたばかりだ。

そもそも営業部は悠里の古巣でもある。営業部には今も彼を慕《した》う社員は大勢いるし、仕事上で関わらないということはまずあり得ない。

(しっかりしないと)

出社後、自分のデスクについた花織は小さく息をつく。

異動が発表されてから約一週間。

表向きは平静を装《よそお》いながらも、ふとした瞬間に悠里のことを考えて気がそぞろになる……そんな落ち着きのない日々を過ごし、今日を迎えてしまった。

今のところ仕事に支障は出ていないけれど、沙也加は何かしら勘づいていても不思議ではない。

悠里とは極力関わりたくはない。合わせる顔がない、というのが正直なところだ。

彼の帰国を知り、「転職」の二文字が頭をよぎらなかったと言えば嘘になる。

でも、現実的に考えてそれは難しい。

自分一人が食べていくだけならいくらでも道はあるが、花織には遥希がいる。彼を立派に育て上げるという目標のためにも、今の職場を離れるわけにはいかないのだ。

それに悠里からすれば、自分は顔も見たくない相手のはずだ。あちらから積極的に花織に関わってくるとも思えなかった。

この三年間がそうであったように、遥希と仕事についてだけを考えればいい。

そう思考を切り替えた花織は、手早くメールチェックと本日のスケジュール確認を終える。

学生の頃は「営業職＝一日中外回り」という印象が強かったが、入社してみれば意外にデスクワークが多かった。

見積書の作成や取引先との事務的な連絡のやりとり、取引先に売り込むための資料作成……とあげ始めたらキリがない。一日外に出ていることもあるが、少なくとも今日の午前中はデスクワークをし、午後に外回りをする予定を立てていた。

メールチェックを終えた花織は、次いで見積書の作成に取りかかる。その後、午後の営業先で使用する新製品のプレゼン資料を作成していたら、あっという間に正午前になっていた。

月曜日の今日は弁当を持参していない。社内の食堂で昼食を済ませた花織は、空《から》の食器の載ったトレイを返却カウンターに戻すべく席を立つ。にわかに空気がざわめいたのは、その時だった。

「見て、大室君」

耳に飛び込んできた名前に足が固まる。

「あなたがロンドンに行ってる間に業者が変わったの」

「本当だ。社食でパエリアが食べられるの？　バターチキンカレーにナンとか……すごいな」

「ちなみに私のおすすめは、クラブサンドイッチよ」

食堂の入り口で交わされるなんてことのない会話に周囲の視線が集まる。

もちろん、花織も。

――大室悠里。

かつての婚約者が、そこにいた。

遠目にもはっきりとわかる長身に端整な顔立ち。記憶の中と寸分違《すんぶんたが》わぬその姿。

「悠里さん……」

無意識に声が漏れる。囁《ささや》きにもならない小さな声。それにもかかわらず悠里の視線がこちらを向いた。

彼の薄茶色の瞳が大きく見開かれる。

なぜ、どうして。先ほどの声が聞こえたはずもないのに。

『花織』

形のいい唇が声もなく自分の名前を呼んだとわかった瞬間、体の中を電撃が貫いた。

花織は咄嗟《とっさ》に、彼から視線を逸らした。

下を見つめたまま、足早に悠里がいるのとは違う入り口から食堂を出ていく。

それを呼び止める声は、なかった。


――早く。早く、一人にならないと。

周囲に不審に思われない程度の早足で通路を歩く。

しかし、気持ちは今すぐ駆け出したいほどに急《せ》いていた。

――まさか初日に、彼を目にすることになるなんて。

こんなことなら外食すればよかったと思うが後の祭り。

食堂を出た花織が向かったのは営業部ではない。過去の資料が保存されている資料室だ。

会社に関連する資料のほとんどはすでにデータ化されているが、創業八十年ともなると紙の資料もまだ数多く存在する。資料室はそれらを保存している部屋で、用がなければまず誰も訪れることはない。だからこそ人目を避けるのにこれ以上の場所はなかった。

資料室の前に着いた花織は、周囲を見渡し誰もいないことを確認する。

中に入り、後ろ手にドアを閉めた瞬間、堪《こら》えていた感情が爆発した。

ずるずるとその場にしゃがみ込む。

泣いてはいけない。これから向かう取引先にみっともない顔は見せられない。

唇を強く引き結び、両手を強く握りしめることで、湧き上がる感情を必死に鎮《しず》めようと試みる。

でも、無理だった。落ち着こうと、冷静になろうと思えば思うほど、先ほどの悠里の姿を思い出してしまう。

(変わらなかった……)

端整な顔立ちも、耳に心地よい声も、柔らかな笑顔も。全てがかつて愛した彼のままだった。

懐《なつ》かしさと愛おしさが込み上げて胸が痛い。終わったはず――いいや、自ら終わらせたはずの恋だ。悠里との関係はすでに過去のもの、そう思っていた。

でも、違ったのだ。

その証拠に、悠里と目が合ったのは数秒にも満たなかったにもかかわらず、視線が合った瞬間、花織の感情は一気に過去に引き戻された。

（なんで……）

別れてから今日まで、花織は「母親」に徹してきた。それが当然だと思っていたし、誰かと恋愛をする気なんてこれっぽっちも起きなかった。しかし、今ここにいる花織は母親なんかじゃない。

自ら終止符を打った恋に未練がましく縋《すが》る、身勝手で惨《みじ》めな女だ。

悠里は、一瞬にして花織を「母親」から一人の「女」に戻してしまった。

その時、ためらいがちに外側からドアがノックされる。びくん！　と肩を震わせる花織に、ドア越しにかけられたのは、懐《なつ》かしい悠里の声だった。

「花織？　そこにいるね？」

「な、んで……？」

食堂にいるはずの彼がドアの外にいる。

密室の中、入り口は一つしかない。今すぐここから出ていかなければ——その一心で立ち上がる。

「開けるよ」

「……やっぱりいた」

声もなく立ち尽くす花織に悠里は言った。

「一人になりたい時、ここに来る癖は変わらないんだな」

彼が日本にいた頃も花織がここに逃げ込んだことは確かにある。でもその回数は片手にも満たないし、悠里に話したこともない。

なぜ、どうして。疑問の言葉が頭に浮かぶけれど、動揺のあまり声が出ない。

同時にこうして近くで対峙して初めてわかったことがある。

先ほど遠目で悠里を見た時、花織は「変わらない」と思った。

でも、違った。今目の前に立つ悠里は、昔よりずっと魅力的な男性になっていた。悠里は無言のまま花織を見据える。わずかに揺れる瞳は、なんと話しかけるか悩んでいるように見えた。

彼は何を言おうとしているのだろう。非難だろうか、それとも怒りだろうか。

体を強張《こわば》らせて身構える花織の前で、形のいい唇がゆっくりと開く。

「久しぶりだね、花織」

発せられた言葉は予想のどれとも違った。

花織、と。ただ名前を呼ばれただけなのに心臓が飛び出そうなほど跳ね上がる。同時にほのかな胸の疼《うず》きを感じたのは気のせいではなかった。

「……お久しぶりです」

人一人分の距離を空《あ》けたまま、二人は互いに緊張した面持《おもも》ちで見つめ合う。

「かお――」

張り詰めた空気を一蹴《いっしゅう》するような着信音に花織は再び大きく肩を震わせた。

社用のスマホを確認すれば、午後に訪問予定の取引先からだった。

急いで電話に出ると『待ち合わせ時刻を少し早めてほしい』という内容で、花織は了承した上で電話を切る。

すると、それを見ていた悠里が「取引先から？」と聞いてくる。

「は、はい。午後に伺う予定のお客さまで、時間を早めてほしいと……」

告げられた時間に間に合わせるためには今すぐ会社を出る必要がある。

急な話ではあったが今の花織には助け舟のように感じられた。

悠里が追いかけてきた理由はわからないけれど、今はこれ以上ここにいたくない——いられない。

あと少しでも二人きりでいれば、この三年ごまかし続けてきた感情を気取られてしまいそうだった。

「急ぐので、失礼します」

「待って」

悠里は、出ていこうとする花織の手首を掴んで引き止める。

「話したいことがある。もちろん今じゃなくて構わない。仕事終わりに時間をくれないか？」

「……離してください」

「頷いてくれたらすぐに離すよ」

「話なんて、私にはありません」

「君にはなくても、俺にはあるんだ」

一歩も引かない悠里を花織は信じられない思いで見つめた。

時間を守るのは当たり前。仕事には責任を持ち、スピード感を持って取り組むこと。

そう花織に教えたのは他ならない悠里だ。しかし、このまま手を離してもらえなければ、まず間違いなく約束の時間に遅れてしまう。

何が彼をここまで頑《かたく》なにさせるのかはわからない。しかし、先に折れたのは花織の方だった。

「……遥希の迎えがあるので、仕事終わりは無理です」

甥《おい》の名前を出すと、手首を掴む力がわずかに緩む。

「それに俺も一緒についていくのは？」

思いも寄らない提案に花織はぎょっとする。

「そんな、困ります」

「どうして？」

「……知らない男の人が急に一緒に来たら、遥希が驚くから」

ためらいがちに答えると、わずかに悠里の表情が翳《かげ》った。

『知らない』、か。確かに、三年も経てば遥希くんにとって俺は知らない男だよな。それなら昼食を一緒に食べよう。昼なら迎えの時間にも被らない。今週で空《あ》いている日は？」

悠里はわずかな隙も与えてくれない。夜がだめなら昼。この上昼もだめだと言えば、仕事中に皆の前で話しかけてきそうな勢いに花織は負けた。

「……木曜日なら」

「わかった。場所はまた後で伝えるよ。連絡先は変わっていない？」

小さく頷いたところでようやく手を解放された。

「急いでいるのに引き止めてごめん。それと……ありがとう」

「いえ……それでは」

花織は小さく頭を下げて逃げるように資料室を飛び出した。その足で化粧室に飛び込み、洗面台の上に両手をつく。鏡に映る情けない顔はうっすらと火照《ほて》っている。熱い。掴まれた手首にまだ温もりが残っているような気がしてならなかった。

その夜、花織のスマホに三年ぶりに悠里からメッセージが届いた。

『木曜日の件だけど、昔よく行ってたカフェで待ってる』

悠里が指定したのは、かつて別れ話をした店だった。

3

新宿・歌舞伎町のクラブで働くホステス。それが、花織と夏帆の母親だった。

父親は、母と同じ歌舞伎町で働くホストだったという。

母曰《いわ》く『性格はクソだけど顔だけは最高だった』という父親について、花織は名前も顔も知らない。血縁上の父親である人は、母が花織を身籠《みごも》ったと知るなり歌舞伎町から消えたらしい。

『子どもなんて産むもんじゃないわね。身動きが取りづらいったらありゃしない。独り身だったらもっと自由に生きられたのに』

それが母の口癖だった。

姉妹の住まいは、築五十年を超える古びたマンションの一室だった。

未就学児の頃は二十四時間預かりをしている認可外保育所に預けられ、明け方、千鳥足《ちどりあし》状態の母親が迎えに来るのを姉と待っていた。小学校に上がってからは、母が何日も家を空《あ》けることは珍しくなかった。

『お金はここに置いておくから適当にやって。戸締りだけは気をつけなさいよ』

テーブルの上に万札を数枚置いて出ていく母の行き先は、きっと好きな男のもとだったのだろう。完璧な化粧を施《ほどこ》した母は「女」の顔をしていた。

初めの頃はコンビニ弁当ばかり食べていた。それに飽きると、姉妹で協力して料理を作るようになった。ネグレクトに近い状態だったのは間違いない。そんな中でも家賃や光熱費の支払いをしてくれていたのは不幸中の幸いだった。

『私があんたたちを育てるのは高校を卒業するまでよ。そこから先は好きにしなさい。大学や専門学校に行きたいなら今のうちからバイト代を貯めるか、奨学金がもらえるくらい勉強するのね。まあ、塾に行くならそれくらいは出してあげるわ』

母は常々そう言っていた。

子どもの面前で『産まなければよかった』と言い放ち、平気で家を空《あ》ける彼女は「いい母親」ではなかった。

やがて花織が高校に進学し、大学進学を希望する一方、三歳年上の夏帆は高校卒業と同時に都内の銀行の一般職に就いた。

『大学にかかるお金については心配しなくて大丈夫。塾代はお母さんが出してくれるし、それ以外は私がなんとかする。だから、かおちゃんは勉強に集中してね』

そんな姉の協力のおかげで、花織は都内の国立大学に見事合格したのだった。

合格を報告すると姉は自分のことのように喜んでくれた。

そんな姉以上に花織の大学合格を喜んだのは他ならぬ母だった。

『これで母親としての仕事も終わりね！　ああ、長かった！　それじゃあ夏帆、花織、元気でね。あんたたちは好きに生きなさい。私もそうするわ』

満面の笑みを浮かべた母は、その次の日に家を出ていった。

住み慣れた部屋を出ていく母は、今までで一番綺麗だった。

きっと、「母」ではなく「女」の顔をしていたからだろう。

そんな母のことを花織は嫌いではなかった。手放しに好きとは言えないものの、十八歳まで育ててくれたのは事実だったから。しかし、夏帆は違った。

姉は育ててくれたことには感謝しつつも、異性関係にだらしない母を嫌っていた。

『私は、お母さんみたいには絶対ならない。父親のいない子どもなんて作らない』

それが、夏帆の口癖だった。

だからこそ、そんな姉が未婚のまま妊娠したと知った時は信じられなかった。

『彼には婚約者がいたの。それを隠して私と付き合っていたんだって。もちろんそれを知ってすぐに別れたけど、その時にはもう彼の子どもを妊娠してて……。ほんと、バカみたいだね。あんなにお母さんみたいにはならないって言ってたのに、反面教師どころか同じようなことをしてる』

その時、初めて花織は姉に恋人がいたことを知った。

——姉を騙《だま》して付き合った挙句、妊娠させるなんて。

当然許せるはずがなくて、花織は相手の男について尋ねた。しかし、夏帆は父親の素性について頑《かたく》なに口を閉ざした。その上で『絶対に産む』と言い切ったのだ。

本音を言えば『どうして？』と思った。

なぜ、そんな最低な男の子どもを産もうとするの、と。

しかしそれが姉の選んだ道ならば、花織は自分にできることはなんでもしようと心に決めた。花織が大学に進学するために姉は身を粉にして働いてくれた。ならば今度は自分が姉を支える番だ。

妊娠初期、つわりのひどい姉は水分をとるのもやっとな様子だった。

みるみる痩《や》せていく姉のために、花織は仕事をしながら栄養について学び、姉の食生活をサポートした。検診には可能な限り付き添ったし、体がむくんで眠れないという姉の手足を毎晩マッサージした。

そんな風に過ごしていれば、どうしたってお腹の子どもにも愛着は湧く。

それは花織だけではなかった。悠里もまた、何かと手を貸してくれたのだ。

妊娠後期、ベビー用品を買いに行く時に車を出してくれたこともあれば、『お姉さんの気晴らしになれば』と二人のデートに夏帆を誘ってドライブに行ったこともある。

夏帆、花織、悠里。そんな三人に見守られてお腹の子どもはすくすくと育っていった。

そうして生まれた赤ん坊の顔は、しわくちゃだった。それでも分娩室に響き渡るほどの大きな泣き声を上げる姿はたまらなく可愛くて、愛おしかった。

出産に立ち会った花織はたまらず泣いてしまい、そんな妹を見た夏帆もまた、目尻に涙を浮かべていた。驚いたのは、出産翌日に見舞いに訪れた悠里が泣いたことだ。

赤ん坊をおっかなびっくり抱いた彼は、『あったかい……』と、そう呟いて目を潤《うる》ませたのだ。

悠里が泣くのを見たのはその時が初めてで思わず慌ててしまった。そんな二人を見て姉はくすくすと笑っていた。

笑顔と笑い声、そして元気に泣く赤ん坊。

——もしも自分と悠里の間に子どもが生まれても、きっと彼は愛してくれる。

思わずそんな想像をしてしまうくらいに、あの瞬間の病室は幸せに満ちていた。

自由にのびのびと健《すこ》やかに育ちますように。

そんな願いを込めて「遥希」と名付けられた赤ん坊を、悠里は大層可愛がってくれた。

誕生から姉が亡くなるまでの一年十ヶ月。

悠里は数えきれないくらい遥希を抱っこしてくれた。もちろん遥希はそれを記憶していないだろうが、花織は確かに覚えている。

『遥希くん、随分重くなったなあ』

遥希と顔を合わせるたびに、嬉しそうに小さな体を抱き上げる悠里の姿を。

『遥希くんが大きくなったら、一緒にスポーツがしたいな』

デートで野球観戦をした時に笑顔でそう言っていたことを。

『いい子だ。……大丈夫、大丈夫だよ』

母親を亡くしたばかりで不安定な遥希をそう言って抱きしめてくれたことを。

全部全部、覚えている。

◇

約束の木曜日。

花織は外回りから直接待ち合わせ場所へ向かった。

かつて幾度となく悠里と共に足を運んだカフェだが、花織は別れ話をした時を最後に訪れていない。よくも悪くもあの店には悠里との思い出が多すぎる。

この三年、彼のことを考えないようにするのに必死だった花織には、とても足を踏み入れられる場所ではなかった。

それでも、いざ来てみれば、どうしたって懐《なつ》かしさを感じずにはいられない。

入り口のドアを開けると、カランカラン、と昔懐《なつ》かしいベルの音がする。

店内に視線を巡《めぐ》らせれば、一番奥の席に座る悠里の後ろ姿が見えた。

彼のいる場所を見た花織はなんともいえない気持ちになる。

そこは、別れ話をした時と同じ席だった。

――よりによって、どうしてあそこに。

偶然ということはないだろう。この店を選んだこととといい、なんらかの意図を感じずにはいられない。花織のスマホには昔と変わらず悠里の連絡先が登録されている。

必要があれば連絡を取り合うことは可能だったにもかかわらず、再会するまでスマホが彼の名前を表示することは一度もなかった。それが帰国早々こうして人目を忍んで呼び出すなんて、いったい何を言われるのだろう。

（……何を言われたとしても、受け止めないと）

たとえそれが非難や罵倒《ばとう》だったとしても、悠里にはそれを言う権利がある。

やむを得ない事情があったとはいえ、三年前の自分は一方的に彼を切り捨てたのだから。

「大室さん」

当時とは立場が逆になったのを感じながら、花織は逞《たくま》しい背中に声をかける。振り返った悠里は花織を見るなり目を見張り、ホッとしたように小さく息をつく。

「来てくれたんだ」

「……来ますよ。断ろうとしても、そんな隙すら与えてくれなかったじゃないですか」

「ごめん、強引だった自覚はあるよ。――さあ、座って」

促《うなが》された花織は対面の席に座り、おずおずと悠里を見た。

恋人だった時の彼は、花織にとって誰よりも安心できる存在だった。しかし、元恋人として向き合っている今は距離感がわからずただただ困惑する。

でも、悠里は違った。資料室で二人きりになった時の緊張感が嘘のように、彼は柔らかな眼差しで花織を見つめてきた。

「花織、できれば大室さんじゃなくて名前で呼んでほしい」

「でも……」

――私たちはもう付き合っていないのに。

言葉にせずとも花織の思っていることは伝わったのか、悠里は「気持ちはわかるけど」と前置きした上で続けた。

「ここに会社の人間はいないから大丈夫だよ」

「そういう理由だけじゃなくて……」

これはある種、花織のけじめの問題だ。しかし悠里は引かなかった。

「もし聞いてくれないなら、会社で君のことを名前で呼ぶけど」

思わぬ切り返しにぎょっとする。花織は、彼が会社で女性社員を名前で呼んでいるのを見たことがない。恋人であった時でさえ『公私混同は避けよう』と「東雲さん」と呼んでいたくらいだ。

そんな彼に名前で呼ばれるなんて、二人の間には何かあると吹聴《ふいちょう》するようなものだろう。特に今の悠里は社内の注目度ナンバーワンなのだ。

「それは困ります」

「ならいいよね」

「……はい」

仕方なく花織は了承する。それにしても――

「悠里さん、少し性格が変わりましたか？　昔はこんなに強引じゃなかったと思いますけど」

資料室でのことといい、今のやりとりといい、記憶の中の彼の印象と少し違う。

指摘すると、悠里は「ああ」と意味深な笑みを浮かべた。

「大切なものを手に入れるためには、多少の強引さも必要だって学んだんだ」

（大切なもの？）

目を瞬《またた》かせる花織に、悠里は「それより」と話題を変える。

「何を頼む？」

「えっと、ホットコーヒーを」

「飲み物だけ？」

「はい」

悠里と向き合っているだけでもいっぱいいっぱいなのに、この上食欲なんて湧くはずもない。

「ちなみに午後の予定は？」

「いったん会社に戻って、その後また外回りです」

「それならちゃんと食べないと。俺がサンドイッチを頼むから一緒に食べよう」

「いえ、私は本当に……」

「だめ。体調が悪いなら無理には勧めないけど、そうじゃないなら一つでいいから食べておきな。空腹のままじゃいい仕事はできないよ。お客さまの前でお腹が鳴ってもいいなら話は別だけど」

さすがにそれは避けたい。渋々ながらも花織が「わかりました」と頷くと、悠里は店員を呼び寄せホットコーヒー二つとミックスサンドを一つ注文する。

そうして再び花織を見た悠里は、笑顔だった。

（どうして、そんな風に笑えるの？）

きつい言葉を覚悟して来ただけに、まるで真逆の反応に戸惑いを隠しきれない。それが伝わっていないはずもないのに、悠里は一向に花織から視線を逸らそうとしなかった。

そのくせ何も言わないのだから気まずいったらない。

沈黙に耐えかねて、花織が切り出そうとしたその時、それよりも少し早く悠里が口を開く。

「髪、切ったんだ」

「え……ええ」

意外な言葉に花織はきょとんと目を瞬《また》かせる。交際中は背中まで伸ばしていた髪は、今は襟《えり》足の辺りまでしかない。ロングからボブに変えた当初こそ鏡の中の自分に違和感があったが、今となってはすっかり見慣れた。

「随分と思い切ったな。心境の変化でもあったの？」

「そんな大層な理由があるわけじゃないんです。ただ、短い方が便利なので」

「便利？」

「はい。子どもと一緒にお風呂に入る時、ゆっくり髪を洗っている暇はないですから。これくらいの長さなら洗うのに時間はかからないし、すぐに乾くんです。要はただの時短です」

姉がいた頃は一人が一緒に風呂に入り、もう一人は脱衣所で待機して遥希の着替えをさせるのが常だった。しかし二人きりとなった今、休日はともかく平日はのんびり入浴をする時間はない。

夕食を食べさせてから寝かしつけまでの時間は、朝出かける時と同じくらいバタバタしているのだ。悠長に髪の毛を労《いたわ》ってなどいられない。

「そうか……考えたこともなかったけど、育児をしてると髪の長さも自由にできないんだな」

「いいえ、そういうわけでは。単に私が不器用なだけです」

本当はもっと効率よくできればいいのだが、なかなか上手くはいかない。

「遥希くんは元気にしてる？　今月で五歳か。今は、年中？」

「は、はい」

驚きながらも頷けば、悠里が不思議そうな顔をする。

「何か変なこと言った？」

「いいえ、そうじゃなくて。ただ……遥希の誕生日を覚えていたことに驚いて」

「そんなの当たり前だろ。なんなら生まれた時間も出生体重も覚えてるよ」

「え……？」

「嘘だと思ってる？　じゃあ言ってみようか。四月二十日、午前四時三十二分生まれ。出生体重は二千八百三十グラム。――どう？」

「……正解、です」

これには驚いた。なぜそんなに細かいことまで覚えているのか。呆気に取られる花織に対し、悠里は当然だと言わんばかりに肩をすくめる。

「遥希くんも大きくなったんだろうな。俺のスマホにある画像は二歳前までだから、今どうなっているのか想像もつかない」

「まだスマホに遥希の写真があるんですか？」

「もちろん、消すわけない。それより今の遥希くんが見たいな。写真とかある？」

「スマホの画像でよければ……」

内心驚きながらも花織はスマホの待ち受け画面を見せる。車掌服を着てピースサインをしている画像だ。それをまじまじと見つめた悠里は相好《そうごう》を崩す。不意に見せた柔らかな微笑みにドキッとする花織には気づかず、悠里は「へえ」とわずかに声を弾ませ囁《ささや》いた。

「すっかり赤ちゃんっぽさが抜けて、もう子どもだな。これは……デゴイチか。鉄道が好きなの？」

「はい。二歳を過ぎた頃からアニメをきっかけに興味を持ち始めて、今ではすっかり鉄道ファンです」

「もしかして、日曜に放送してるＳＬのロボットアニメも観てる？」

悠里が挙げたのは今まさに遥希が大ハマりしているアニメの名前で、花織は驚きつつも頷いた。

「よく知ってますね」

悠里がアニメ好きだったという記憶はない。交際していた時は遥希もまだ小さくて、悠里がいる時にテレビを観るような機会もなかった。それなのに子ども向けアニメを知っているのは――

「……お子さんがいるんですか？」

自分が知らないだけで、向こうで結婚して子どもがいるのではないか。

その可能性に気づいた途端、胸がざわめく。すると悠里は面食らったように目を見開いた。

「まさか、俺は独身だよ。もちろん子どももいない。この間テレビをつけたらたまたまやっていたから覚えていただけ。なんとなく観てたら案外面白くて、結局最後まで観てしまったけど」

その答えにどこかホッとする自分がいるのを自覚しながらも、花織は「そうだったんですね」と平静を装《よそお》った。

「俺も子どもの時は電車が大好きだったから、懐《なつ》かしい気持ちになった。——はい、スマホをありがとう。それにしても遥希くん、可愛いな」

お世辞ではないのは悠里の表情からも明らかだった。

「赤ちゃんの時の可愛さも格別でしたけど、今は今で違った可愛さがありますよ」

自他共に認める親バカな花織は、謙遜《けんそん》するどころか笑顔で全面肯定してしまう。するとそれを見ていた悠里は小さく微笑んだ。

「……君は、すっかり遥希くんの母親なんだな。大好きでたまらないって顔をしてる」

——母親。

しみじみとそう言われ、花織は咄嗟《とっさ》に俯《うつむ》いた。未婚で子どもを——しかも実子ではない——を育てていると、大なり小なりマイナスな言葉をかけられた経験はある。

悠里と別れて間もない頃、甥《おい》を引き取ることになったこと、子どもの体調などで仕事を休むことがあるかもしれないことを部署の人間に説明した。その時、ある女性社員に言われた言葉で忘れられないものがある。

『結婚もしてないのに子どもなんて育てられるの？　仕事も育児も中途半端……なんてことにならないようにね』

ほとんどの社員が花織の事情を汲《く》んでくれる中、その人だけは常に攻撃的だった。熱が出たと保育園から連絡が来て早退する時は、舌打ちをされるのが当たり前。『転職すれば？』と言われたこともある。それから一年ほどして女性は別の部署に異動したけれど、彼女の言葉は今も小さな棘《とげ》となって心の中に残っている。

だからだろうか。悠里の言葉を聞いた瞬間、花織は心が震えるほど嬉しかった。

もしも場所がカフェでなく二人きりであったなら、泣いていたかもしれない。

「花織？」

「……いえ、なんでもありません」

あなたにそう言ってもらえて嬉しいのだ、とは言えなかった。

その後、再び妙な沈黙が生まれる。

話があると呼び出しておきながら、悠里は花織を見つめたまま具体的なことを何も言おうとしない。

注文したコーヒーが運ばれてきても、彼は「やっぱりここのは美味しいな」と言って一口飲んだきり、視線は花織に注《そそ》いだままだ。睨《にら》んでいるのとは違う。観察するような眼差しに居心地の悪さを感じた花織はさっと目を伏せた。

（髪が変……とか？）

悠里と別れて以降、仕事中はいくつかのスーツを着回しているものの、プライベートではファストファッションの洋服を適当に着ているだけで、お洒落とは縁遠い生活を送っている。

化粧は必要最低限。社会人として必要な清潔感や身だしなみには気を遣っているものの、お世辞にも女子力が高いとは言えないだろう。

母親業に精を出し始めてから、ただでさえなかった色気は皆無になった自覚がある。

今さら男受けを気にしたりはしない、そう思っていた。

しかし、こうして悠里に微妙な反応をされた途端、羞恥心《しゅうちしん》にも似たいたたまれなさを感じてしまう。それは、彼を異性として意識しているからに他ならない。

「髪型、そんなに変ですか？」

料理はまだだろうか。頭の片隅でそんなことを考えながら意を決して聞いてみる。

「変って、どうして？」

「……私をじっと見たまま、何も言わないから」

するとハッと我に返ったのか、悠里はすぐさま「まさか」と否定する。

「むしろその逆。短い髪型もすごく似合ってる。月曜日に食堂で見かけた時も思ったけど……綺麗になったね。昔よりずっと美人になっていたから驚いた」

悠里は恥ずかしげもなくさらりと言い放つ。しかし、花織の方はそうはいかない。

（綺麗になった？　くたびれた、ではなくて？）

「今、君を見ていたのも同じ理由。髪型も、似合いすぎてて見惚れてた」

悠里は目を細めて柔らかく微笑む。その表情は恋人であった頃に向けられたものと同じ。そう思った途端、言い表しようのない恥ずかしさが湧き上がり、咄嗟《とっさ》に視線を逸らした。ドクドクと鼓動の音がうるさい。そんな花織へ悠里は追い討ちとばかりに「可愛いよ」と言った。

――勘弁してほしい。

これではまるで口説かれているようだ。

確かに付き合っていた頃の彼は呼吸するように『可愛い』『大好きだよ』と甘い言葉をかけてくれた。そのたびに彼の瞳には平凡な自分がどんな風に見えているのかと本気で不思議に思っていたが、今の自分たちは元恋人。

悠里と再び、なんて絶対にあり得ない話なのに、予想外の彼の態度に気持ちがついていかない。

とにかくこの雰囲気をなんとかしなければ。

「あの、それで話というのは――」

「お待たせいたしました、ミックスサンドです」

口を開くと同時に店員と声が被る。それに気づいた悠里はテーブルに置かれたサンドイッチを前に「まずは食べちゃおう」と苦笑した。

「さあ、どうぞ。好きなのを選んでいいよ」

ここで「大丈夫です」と断ったところで先ほどと同じ流れになるだろう。とにかく食べて話とやらを終わらせよう。

「じゃあ、卵サンドをもらいますね」

観念した花織はできたてのサンドイッチに手を伸ばして取り皿に載せる。そして「いただきます」と両手を合わせた時だった。なぜか悠里が小さく笑ったのだ。

「どうかしました？」

「いや、外でも手を合わせて『いただきます』って言うんだなと思って。花織のそういう礼儀正しいとこ、好きだよ」

「は……え……？」

好き。今間違いなく彼は、そう言った。

とても別れた恋人に――しかも身勝手な理由で一方的に自分を振った相手に対する言動ではない。

呆気に取られる花織の前で、悠里もまた「いただきます」と手を合わせてハムサンドを手に取り大きな口でガブリと食べた。

豪快な食べ方にもかかわらず品がよく見えるのはさすがと言うべきか。

加えて一瞬覗いた真っ白な歯と赤い舌がやけに扇情的《せんじょうてき》に見えて、思わずじっと見てしまう。すると、ごくん、と嚥下《えんげ》した悠里と目が合った。

「花織？」

「えっと……久しぶりに食べるなと思って」

「ここは料理も美味しいからね。俺は特にミックスサンドが一番好き」

「そ、そうですか」

動揺を気取られないように花織は残りの卵サンドを食べることだけに集中した。しかし、噛んでも噛んでも味がしない。

(昼間から何を考えてるのよ……)

食事をしている相手にいやらしさを感じるなんて、今日の自分は本当に変だ。

女性として自分がどう見られているかも、性的欲求も、もう随分と忘れていたものだった。必要ともしていなかった。それなのに悠里を前にした途端にこれだ。

ペースが乱される。彼の一挙一動が気になって仕方がない。

「ごちそうさまでした」

花織は一つ、悠里は三つ。五分と経たずに食事を終えた二人は、どちらからともなく見つめ合う。

先に口を開いたのは悠里だった。

「さてと。食事も済んだことだし、そろそろ本題に入ってもいいかな」

「……はい」

「その前に確認させてほしい。花織は今も東雲姓のようだけど、結婚はしていないよね?」

「は……?」

「もしかしてしてるの?」

「い、いえ。独身です」

「それじゃあ恋人は?　あるいは、好きな人でもいい」

矢継《やつ》ぎ早《ばや》の質問に花織はたまらず眉を寄せる。今の自分に恋人なんているはずもない。

「どうしてそんなことを聞くんですか?」

「俺にとっては大切なことだ。答えてほしい」

先ほどまでの笑顔とは打って変わって、悠里の表情がわずかに強張《こわば》っている。空気から伝わってくる緊張感に戸惑いつつ花織は答えた。

「……恋人も、好きな人もいません」

そもそも悠里以外の誰かと……なんて考えたこともない。もちろん、そんなこと本人には絶対に言わないけれど。

「よかった」

直後、そう言って悠里が笑った。瞬時にして彼を取り巻いていた緊張感が四散する。しかし花織の疑問はますます深まった。

なぜ、自分に意中の人がいないことをこんなにも喜ぶのか。

(これじゃあまるで――)

まだ、私のことを好きみたいじゃないか。

そんなあり得ない考えが頭をよぎる。それを否定する間もなく「単刀直入に言うよ」と悠里が切り出した。

「俺とやり直してほしい」

真っ先に頭をよぎったのは空耳、または、たちの悪い冗談。

しかし、薄茶色の瞳に明らかな熱を宿した悠里は、真剣な面持《おもも》ちで花織を見据えていた。

ならば彼は本気で言っているのか。あんな別れ方をした自分とやり直したいと……?

喉の奥がカラカラに渇くような感覚がする。水を飲もうにも指先まで強張《こわば》って動けない。

「……意味がわかりません」

消え入りそうな声でようやく返せたのは紛れもない本心だった。しかし、悠里は微塵《みじん》も動じることなく「そのままの意味だ」と冷静に返してくる。

「もう一度、結婚を前提に付き合ってほしいんだ」

「けっ、こん……？」

あまりに予想外すぎて頭が混乱する。言葉の意味は理解しているのに、この状況を受け止めきれない。

動揺して固まる花織に対し、悠里は冷静だった。

彼は、柔らかな眼差しをかつての恋人に向ける。

店も、席も、対峙している状況すらも三年前と同じ。しかし花織は、明らかな違いを感じた。

それは、悠里を取り巻く雰囲気だ。別れ話をした時と違い、今の彼には泰然《たいぜん》とした余裕がある。

「ロンドンに行ってから今日まで、君を思い出さない日はなかった」

悠里は落ち着いた声で続けた。

「三年前、花織に婚約を破棄したいと言われた時……俺は、なぜそんなことを言うんだ、自分は一緒にいたいのに――と、そればかりを考えて、現実が見えていなかった」

落ち着き払っていた悠里の瞳が初めて揺れる。

まるで、当時のことを悔やんでいるように。

「悔しかったんだ」

「……悔しい？」

「ああ。君が、俺になんの相談もしてくれなかったことが」

彼は静かに胸の内を語る。

「俺は、遥希くんを引き取った上で、結婚や海外出向をどうするか君と話し合いたかったんだと思う。でも君は、俺になんの相談もなく一人で『別れる』という答えを出した。それが悔しくて、情けなかった。花織にとっての俺は、そんな大切なことを相談することもできない、頼りない相手なんだと言われたような気がしてしまった」

「ちがっ……あなたを頼りないなんて思ったことはありません！」

否定すると、悠里は「わかってる」と宥《なだ》めるように柔らかな声で言う。

「君は、俺に相談することもできないくらい追い詰められていたんだろう」

夏帆さんが亡くなったのだから当然だ、と悠里は一瞬悲痛な顔をする。

故人を悼《いた》むような表情に彼と姉、そして自分の三人でいた時のことが思い起こされて心臓がギュッと痛んだ。

「それに実際、君の言ったことは正しかった。当時の俺は、遠距離恋愛でもなんでも方法はあると思っていたけど、実際に渡英してそれが夢物語だってことがすぐにわかった。……それだけじゃない。深く考えもせず『父親になる』と言ったことも、『ロンドン行きを諦める』と言ったことも……。冷静じゃなかったのは、俺の方だった」

「悠里さん……」

「あの時の花織は、自分が大変な状況にいながら、ちゃんと現実を見据えていた。それなのに俺は勝手に卑屈《ひくつ》になって、落ち込んで、諦めた。君にはもう俺なんて必要ないんだと思って婚約破棄を受け入れて、ロンドンに行った。――一番大変な時に、君を一人にしてしまった」

花織はふるふると首を横に振る。

「違います。私は、そうなることを自分で選んだんです」

別れたいと申し出たのは花織だ。悠里ではない。

「うん。花織はそう言うだろうね。君は優しいから、自分と遥希くんのせいで俺が海外出向の機会を棒に振ってはいけないと、あんな状況にあっても俺のことを考えてくれた。俺は、それに感謝するべきだったのに……それ以上に君が『別れを決めた』ことが許せなかった」

花織を想う気持ちと裏切られた気持ち。相反する気持ちに頭の整理がつかないまま渡英したものの、すぐに自分の考えが間違っていたことを思い知ったと悠里は語る。

「――あの時の未熟な俺では、結婚したところで上手くいかなかったと思う。君と遥希くんの支えになることも多分、できなかった」

でも、と悠里は続けた。

「今は違う」

花織、と。愛情を込めた声で、悠里はかつての恋人の名前を呼ぶ。

慈《いつく》しむように、愛おしむように。

「もしも少しでも可能性があるのなら、もう一度俺を君の隣に立たせてくれないか？　俺はもう間違えたくない。大切なものを手放したくないんだ」

「大切なもの？」

「花織と遥希くん。三年前、家族になるはずだった二人だ」

「か、ぞく……」

悠里は力強く頷く。

「俺は、今度こそ君たちと家族になりたい。花織の夫に……遥希くんの父親になりたいんだ」

まっすぐな視線が花織を射抜く。

まるで、自分から目を逸らすことは許さないとばかりに力強い眼差しに囚《とら》われる。

それらに思い起こされたのは、プロポーズの言葉。

『君の家族になりたい』

甘く激しく求め合った翌朝、悠里はそう言って花織に結婚を申し込んだ。

人生で一番幸せに感じた瞬間を、花織はふとした時に思い出しては懐《なつ》かしくも切ない気持ちになった。あんなにも誰かに愛されることは、もう二度とないと思っていた。

しかし今、悠里は再び同じ言葉を口にした。

「急にこんなことを言われても戸惑うのは当然だし、すぐに受け入れてもらえるとは思っていない。だからまずは、君にとって俺が頼れる存在だと思ってもらえるように頑張るつもりだ。君の信頼を得られるように、これから時間をかけてそれを証明していくつもりだよ」

「証明……？」

「ああ。本気で君を口説く」

悠里の纏《まと》う雰囲気ががらりと変わる。柔らかな表情はそのままに、花織を見据える両の目には隠しきれない熱が宿っていた。

そこにいるのは、紛れもない雄《おす》だった。

◇――＊◆＊――◇

『突然のことですぐにはお返事ができません。少し、考える時間をください』

花織はそう言って、ひと足先に仕事に戻っていった。

カフェに一人残った悠里は小さく息をつく。

『俺とやり直してほしい』

そう告げた時の花織は明らかに困惑していた。動揺を露《あら》わにして揺れる瞳からは喜びは微塵《みじん》も感じられず、むしろ警戒しているようにも見えた。

（無理もない、か）

それでも伝えずにはいられなかった。

日本を離れてからずっと、悠里の中には変わらず彼女がいた。それにもかかわらずただの一度も連絡をしなかったのは、ひとえに合わせる顔がなかったからだ。

『結婚して単身赴任という形を取るのも、ロンドン行きを諦めるのも、現実的でないのは悠里さんもわかるでしょう？』

あの時の花織の言葉は正しかったと、悠里は渡英してすぐに実感した。

夢だった海外赴任とはいえ、慣れない異国での生活は想像以上のストレスを悠里に与えた。

衣食住が違うのはもちろんのこと、国が違えばビジネススタイルも当然変わってくる。

慣れるまでの数ヶ月は毎日が必死で、とてもではないがプライベートに気を遣うような時間も余裕もなかった。もしもあのまま結婚して単身赴任という形をとっていたら、新婚数ヶ月で離婚されていてもおかしくはなかった。

花織には初めからそうなることがわかっていたのだろう。

だから別れを切り出した。他の誰でもない、悠里のために。

もしも花織が自分のことを第一に考えるのなら、『ロンドン行きはやめて、日本で一緒に子育てを手伝ってほしい』と言えばいい。しかし彼女は、自分の幸せよりも悠里の夢を応援することを選んだ。

それが彼女なりの優しさであり、選択だったのだ。

しかし、三年前の悠里にはそれがわからなかった。

口では『父親になる』と言いながら、結局のところ自分のことしか考えていなかったのだ。

そして、それを自覚した時には全てが終わっていた。

ロンドンに赴任してからというもの、花織のことを忘れるように仕事に没頭した。

しかし、仕事に打ち込めば打ち込むほど、かえって花織のことが頭に浮かんだ。

一年経っても二年経っても、忘れるどころか後悔ばかりが募《つの》っていく。最後に言い合いをしたことや大変な状況の彼女を一人置き去りにしたことがずっと心残りだった。

そうして過ごすこと三年。日本への帰国が決まった。

新たな所属はかつてと同じ東京支社。部署こそ違えど花織と同じ職場だった。

辞令の発令後、悠里は決めたことがある。

今の花織に恋人、あるいは夫がいて幸せでいるのなら、何も言わずに同じ職場の人間として接しよう。彼女の隣に自分以外の男がいると思うと嫉妬でおかしくなりそうだけれど、それ以上に大切なのは花織が幸せであることだ。

でも、もしもそうでないのなら、最後に一度だけあがいてみようと思った。

そして三年ぶりに再会した花織を見た瞬間、悠里は思わず見惚れてしまった。

食堂で遠目に見た彼女は、それほどまでに美しかったから。

その気持ちは対面を終えた今、いっそう増していた。

(本当に綺麗になった)

穏やかな雰囲気はかつてと同じ。しかし、遥希について語る時の彼女は、まるで知らない女性のような顔をしていた。慈愛《じあい》に満ちたその表情は「母親」としての顔なのだろう。

初めて見る花織の姿に、悠里の胸は初めて恋を知った少年のようにときめいた。

同じ女性に、もう一度恋に落ちた瞬間だった。

花織が遥希を愛しているのは十分伝わってきた。しかし、今日にいたるまでの道のりはけっして楽ではなかったと容易に想像がつく。

頼れる両親や親族のいない環境で、女手一つで子どもを育てるなんて並大抵の覚悟ではできない。それは、短くなった花織の髪が示していた。

もちろん今のボブカットも似合っているし、どんな髪型であろうと花織に対する想いは変わらない。それでも、三年ぶりに見た彼女の髪が肩上であることに驚かずにはいられなかった。

ゆっくり髪を洗う時間もないと、花織は言った。

ならば自分がその時間を作ってあげたい。花織が何も気にせずゆっくり風呂に入れるように、安心して遥希を託してもらえる相手になりたい。

花織に頼られたい。彼女を支えたい。

もう一度、支えることを許してもらえる立場になりたかった。

でも、一方的に気持ちを押し付けるようなことはしない。それでは三年前と何も変わらないからだ。今の悠里がすべきことは、花織の信頼を得ること。

(今度こそ間違えない)

そう、改めて悠里は自身に誓った。

4

週末の土曜日。

花織は、遥希と沙也加の三人で都内の公園に遊びに出かけた。

芝生《しばふ》滑りもできるこの公園には、新しい遊具が複数あるのに加え、園内から電車が見られることもあり、遥希のお気に入りスポットの一つでもある。

ここに行こうと提案したのは沙也加だった。

『私も遥希に会いたいし、せっかくなら三人でピクニックでもする？　私は全力で遥希の遊び相手をするから、花織はお弁当を作ってきてよ。私は美味しいお弁当が食べられて、遥希は電車が見られて遊具でも遊べる。花織は少しだけ育児を休憩できる。ほら、メリットばかりでしょ？』

そう言ってくれた時は、社内にもかかわらず思わず『好き……』と呟いてしまった。対する沙也加は『じゃあ私と結婚する？』と軽口を返してくれるのだから、一瞬本気で惚れかけた――というのは冗談にしても、この誘いは本当にありがたかった。

木曜日、悠里に告白された際の動揺がいまだに尾を引いていて、一人で考え込んでいたらどうにかなってしまいそうだったから。

木曜の午後、そして金曜日と特に何事もなく仕事を終えられたのは奇跡に等しい。

会社でも遥希の前でも表向きは平静を装《よそお》っていたけれど、頭の中では悠里との会話が幾度となく繰り返されていた。

「やっと寝た。もう、この体力お化けめ」

芝生《しばふ》に敷いたレジャーシートの上で眠る遥希の頬を沙也加が優しくつつく。遥希に起きる気配はなく、花織はリュックから取り出した自分の上着をそっと小さな体にかけた。

「ありがとう、沙也加。疲れたでしょ?」

「ぜーんぜん! むしろ久しぶりに全力で遊んで楽しかったわ!」

昼前に公園で待ち合わせ、まず三人で弁当を食べた。

その後は実に一時間以上、沙也加がつきっきりで遥希の相手をしてくれた。

広い園内をかけっこしたり、遊具で遊んだり、時々通る電車を見て得意げに説明をする遥希の話し相手になったり……。全力で遊んだせいか、遥希は花織のもとに戻ってくるなりこてんと寝てしまったのだ。

「子どもの寝顔っていいわよね」

「年中になって本人はお兄さんになったつもりでいるみたいだけど、こうして見ると、まだまだあどけないわよね」

「本当、その通り。癒《いや》されるわ。仕事でストレスが溜まってるからなおさら」

はあ、とため息をつく友人に花織は目を瞬《またた》かせる。

「沙也加が愚痴を言うなんて珍しい。何かあったの?」

しかし沙也加は、「ちょっとね」と肩をすくめるだけだった。

「私のことより花織よ。私に話したいことがあるって言ってたけど、大室さんのことよね？」

「どうして――」

「そりゃあ仕事中あんなに物憂《ものう》げな顔をしてればね」

「……そんなに顔に出てた？」

「私は二人が付き合っていたのを知ってたから気づいただけで、他の人は気づいてないと思うわ。それで、何があったの？」

花織は木曜日にあったことを包み隠さず話した。

たった二日前のことなのに、これ以上自分一人で抱えているのは限界だったのだ。そして話し終えた後の沙也加の第一声は、

「さすが大室さん。帰国早々やってくれるわね」

という、感心とも呆れとも取れるため息混じりの言葉だった。

「大室さんって、基本的には物腰が穏やかで紳士然としてるけど、攻め時は見逃さないものね。まあ、だからこそ社内きってのエリート営業マンだったんでしょうけど」

言いたいことはものすごくわかる。悠里は、とにかく自分や自社製品をアピールするのが上手い。どう動けば人の関心を引けるかを知り尽くしているのだ。

「で、今度はその獲物が花織ってわけね」

「獲物って」

「間違いじゃないでしょ？」

「そうかもしれないけど……」

口ごもると、沙也加は「それで？」と柔らかな声で問いかけた。

「率直なところ、『やり直してほしい』と言われてどう感じたの？」

「……驚いたのと、信じられない気持ちとでごちゃごちゃになったわ」

別れてから一度も浮いた話のない花織と違って、悠里は今も昔も引く手数多《あまた》だろう。

彼自身が望もうと望むまいと、あれだけハイスペックな男を周囲が放っておくわけがない。

そんな彼がどうして今さら子持ちの、しかも昔別れた女と付き合いたいなんて望むのか。

悠里の真剣な眼差しや口調からは彼の本気が伝わってきたけれど、何か裏があるのではないかと勘繰《かんぐ》らずにはいられないというのが今の正直な気持ちだ。

「まあ、そうなるわよね」

花織の心情を聞いた沙也加は同意した上で、「ねえ」と切り出した。

「シンプルな質問をしてもいい？」

「何？」

「やり直してほしいと言われて嬉しかった？」

「それは――」

困惑したし、戸惑った。

一方で自分を見つめる熱い眼差しに、花織の意志にかかわらず胸がときめいた。

それはつまり、嬉しかったということなのだろう。いくら女性として枯れ果てているとはいえ、どうでもいい相手にドキドキしたりはしないはずだから。

しかし、好きかと言われるとわからない。

復縁を求められて心が揺れるのだから、未練はあるのだと思う。でもそれが過去の恋に対する執着なのか、今なお彼を好きだからなのかの判断がつかないのだ。

自分の中では、すでに彼との関係は終わったものだと思っていたから、余計に。

「……わからない。なんにしても、簡単に『やり直しましょう』とはいかないわ」

「どうして？」

花織は視線を遥希へ移す。レジャーシートの上ですやすやと眠るあどけない寝顔を見ていると、悠里のことを考えて速まっていた鼓動が落ち着きを取り戻していく。

「今の私は仕事と子育てで精一杯で、恋愛をする余裕なんてないから。それに、遥希を不安にさせたくないの」

「不安？」

花織は小さく頷き、そして言った。

「前にね、『パパはどこにいるの？』って聞かれたことがあるの」

息を呑む沙也加を前に、花織はその時のことを思い出す。

遥希は小さいなりに両親がいないことも、花織が母親ではないことも理解している。普段はそれについて気にするそぶりは見せない。しかし昨年の父の日、遥希は不意に聞いてきた。

きっかけは保育園での父の日のプレゼント制作だった。

周りが父親の似顔絵を描く中、遥希だけは花織の似顔絵を描いた。それを一部の園児にからかわれたらしく、迎えに行った時の遥希は珍しく不機嫌だった。

その夜、寝る前に聞かれたのだ。

『どうしてぼくにはパパがいないの？　パパはどこにいるの？』

「私が答えられないでいると、遥希は泣いたわ。いつものぐずる時の泣き方じゃなくて、小さな声でしくしく泣いてた」

まだ四歳の子どもが声を殺して泣く姿に、花織は心臓が掴まれるような痛みを感じた。

——両親がいる家庭の子どもであれば感じる必要のない痛みを、この子は味わっている。

その事実にたまらない気持ちになった。

「……私は、ただ遥希を抱きしめることしかできなかった」

花織は遥希の柔らかな髪にそっと触れる。汗ばんだ前髪を耳の後ろに流し、背中をトントンとリズミカルに叩く。

あの晩、涙を流す遥希にしてやったのと同じように。

「もう一度悠里さんと付き合うことになれば、必然的にこの子とも会うことになる。……きっと、遥希は悠里さんに懐《なつ》くわ」

それは予感ではなく確信に近かった。

しかし、もしも自分が彼の提案を受け入れ、二人の距離が近づいた後、再び花織と悠里が別れるようなことになったら？

遥希が傷つくのは目に見えている。ただでさえ父親がいないことで不安定な甥《おい》に、そんな思いは絶対にさせたくなかった。だからこそ、生半可な気持ちで復縁なんてできないのだ。

心情を包み隠さず吐露《とろ》するうちに、散らかっていた自分の気持ちがようやくまとまり始める。

自分がどうするべきか。そんなの悩むまでもなかった。

（私は、悠里さんに相応《ふさわ》しくない）

謙遜《けんそん》でも自虐《じぎゃく》でもなくそう思った。

「悠里さんの話はお断りするわ」

花織がそう結論づけると、沙也加はわずかに目を見開く。

「それでいいの？」

「……うん」

「花織がそう決めたならそれでいいけど。まあ、今後も何かあったら一人で抱え込まないでね。話を聞くくらいなら私にもできるからさ」

ちょうど眠っていた遥希が目覚めたのをきっかけに、この話は終わった。

「おはよう、遥希」

「んー……かおちゃん、おはよー」

起き上がった遥希にお茶の入った水筒を渡すと、喉が渇いていたのかごくごくと喉を鳴らして飲み始める。口を離した途端、「ぷはーっ！」とわざとらしく言うのがまた可愛らしい。

「ねえ、遥希。また遊具に行く？」

「行く！」

「よしっ、じゃあ靴を履いて」

「はーい！」

一緒に花織も立ち上がろうとすると、沙也加が「いいから」とそれを止めた。

「私が見てるから、花織はここにいていいよ」

「でも、さっきも遊んでくれたし――」

「私が好きでやってるんだからいーの。こんな機会あまりないんだからのんびり日向《ひなた》ぼっこでもしてなって。さーて、遥希、行くよ！」

「うん！　かおちゃん、行ってくるね！」

遥希は満面の笑みを浮かべて沙也加と手を繋ぐ。二人が遊具に向かおうとした時、花織は「沙也加！」と呼び止める。

「……ありがとう。沙也加がいてくれて、よかった」

心からの礼を伝えると、彼女は「私もよ」とにこやかに微笑んだのだった。


その晩、寝かしつけを終えた花織は三年ぶりに悠里に電話をかけた。

『――花織？』

三コールを待たずに電話に出た悠里はスマホ越しにもわかるほどに驚いていた。

『君から電話してくれるなんて嬉しいな。どうかした？』

しかし、次いで問い返す声はいっそこちらが困惑するほどに柔らかい。まるで花織からの電話が嬉しくてたまらないように感じて心がざわめく。

「休みの日にごめんなさい。今、大丈夫ですか？」

『もちろん』

花織は小さく深呼吸をし、そして切り出した。

「……この間の件について、返事をしようと思って」

ひゅっと息を呑む音がする。

「やっぱり、お付き合いすることは――」

『待って。それについては返事がなんであれ直接会って聞きたい』

「…………」

『だめかな？』

口調こそ柔らかいものの、悠里の声にはノーを言わせないだけの圧があった。

「……わかりました」

するとすぐに『ありがとう』とホッとしたような声が返ってくる。

『来週、どこかで時間を作ってまた伝えるよ』

「はい」

『そういえば今、遥希くんは？』

「さっき寝かしつけが終わったところです。一日外にいたから疲れたみたいで、今はぐっすり寝ていますよ」

『どこかに出かけたの？』

流れで公園に出かけたこと、ピクニックしたことを伝える。しかしなぜか返事はない。電波が悪いのだろうかと待つこと数秒。聞こえてきたのは、

『――誰と行ったの？』

という、先ほどまでよりワントーン低い声だった。不機嫌にも聞こえる声に違和感を抱《いだ》きながらも沙也加の名前を告げると、なぜか深いため息が返ってくる。

『なんだ、てっきり俺は……ああいや、なんでもない。野村さんが一緒なら遥希くんも楽しかったんじゃないか？』

「ええ。遥希の相手をしてくれて私も助かりました」

子どもと一緒にいる時、信用できる大人がもう一人いるといないとでは心の余裕がまるで違う。

そう話すと、悠里はやけに感慨深そうに『やっぱり』と呟いた。

それから雑談を二、三、挟んだところで会話は終わった。

『それじゃあ、また。電話をありがとう』

「こちらこそ、ありがとうございました。……おやすみなさい」

『おやすみ』

電話を切り、そのまま寝室に向かう。六畳の洋室にはダブルベッドが一つ。

寝かしつけを終えた時は奥で眠っていた遥希は、いつの間にかベッドの中央で大の字になってぐっすりと眠っていた。

花織は起こさないように細心の注意を払いつつ、わずかに空《あ》いたスペースに横向きに滑り込んだ。

しかし瞼《まぶた》を閉じても一向に眠気が訪れない。いつもなら五分と経たずに夢の中に行けるのに、今日に限っては違った。

――おやすみ。

耳元で聞こえた柔らかな声がいつまで経っても消えない。

あの時、花織の頭をよぎったのは、かつて彼と夜を共にした時のことだった。

ベッドで愛し合った後、髪の毛を優しく撫でられながら、悠里に『おやすみ』と言われたことを思い出してしまった。同時にそんな自分を嫌悪した。

――私は、遥希の母親だ。

今は、遥希を成人まで無事に育て上げる以上に大切なことなんてない。

そう自分に言い聞かせつつ、眠れぬ夜を過ごしたのだった。

◇

そして迎えた翌週。

表向きはいつも通りに振る舞いながらも、花織は心の中ではいつ悠里から連絡が来るのかと落ち着かない気持ちでいた。時間を作ると言っていたけれど、あいにく花織が自由にできる時間は限りなく少ない。

保育園の迎えがあるから仕事終わりは難しい。

それに仕事が休みの日に遥希を一時託児所に預けるのもためらわれた。

普段保育園に楽しそうに通っている遥希だが、同じくらい花織と過ごす週末を心待ちにしているのを知っている。沙也加に頼めば喜んで協力してくれそうだが、さすがに二週連続で子守りをさせるのは気が引けた。

どうしたものか……と頭を悩ませていた花織だが、その機会は意外な方法でやってきた。

それは、水曜日の昼のこと。

午前中の外回りを終えた花織が帰社すると、目を疑うような光景が待ち構えていた。

「え……？」

悠里が営業部の女性社員に取り囲まれていたのだ。

一瞬、フロアを間違えたかと思うがそんなはずもなく、花織は呆気に取られながらもそれを横目に自席に戻る。

「おかえり」

席に座るとすぐさま対面の沙也加から声をかけられる。

「おつかれさま。ねえ、あれ……どうしたの？」

「ああ。古巣に挨拶《あいさつ》に来たエリートイケメンを取り囲む女たちってところかしらね」

なんでも悠里は昼休みの少し前に、かつての上司である営業部長に挨拶《あいさつ》に来たらしい。それを終えた悠里が戻ろうとした途端、女性社員に一斉に取り囲まれたのだとか。

「まるで街灯に群がる蛾《が》のようね」

「蛾《が》って……」

言い得て妙だとは思ったが、さすがに口には出さないでおく。

東京支社の営業部には三十名ほどの社員がおり、女性は三割弱。

そのうち花織と沙也加、そして今は席を外している四十代の女性以外の皆が悠里のもとに集結しているのだから、沙也加の言いたいこともわからないではない。

「蛾《が》じゃないならハイエナとか？　部長といる時から皆、大室さんに話しかけたくてうずうずしてるのが丸わかりだったし」

他の人には聞こえないような小声で吐き捨てる沙也加に、花織は「あれ？」と少しだけ違和感を持った。さっぱりした性格の沙也加がこんなにも毒を吐くのはかなり珍しい。花織がそれを指摘するより早く、沙也加は小さく肩をすくめて苦笑する。

「でも、あれを見てると『大室さんが帰ってきた！』って実感するわね。営業部にいた頃も飲み会になるとだいたいあんな感じだったじゃない？」

「……確かにそうかも」

とはいえ花織がその輪の中に加わったことは一度もなかった。

悠里が教育係ということで花織はただでさえ他の女性社員から妬《ねた》まれていた。

その上、飲み会でまでそばにいたら周囲がどう感じるかなど火を見るより明らかだ。

自然と「酒の席で悠里とは関わらない」というマイルールができて、それは恋人になってからも変わらなかった。しかし、花織とて思うところがなかったわけではない。

恋人が自分以外の女性にちやほやされていれば複雑な気持ちになったし、人並みに嫉妬もした。でも、花織は一度だって悠里に不満を漏らしたり、嫉妬心を露《あら》わにしたことはなかった。その必要がなかったという方が正しいかもしれない。

二人きりでいる時の悠里は、言葉で、時に体で花織の全てを愛してくれていたから。

(わかってはいたけど、あいかわらずのモテっぷりね)

懐《なつ》かしい過去の記憶に思いを馳せながら、花織が沙也加を社食に誘おうとした時、不意に遠くから聞こえていた女性社員の黄色い声がやんだ。

なんとはなしに悠里の方に目を向けた花織は、「あっ」と息を呑む。

悠里が脇目もふらずにこちらに向かってくるのが見えたからだ。

どうして私の方に——

わけもわからず唖然とする花織の前で悠里は足を止める。そして、にこりと微笑んだ。

「東雲さん、昼はもう食べた?」

「……え?」

「もしもまだなら一緒にどう?　昔のお客さまのこととか、俺がいなかった間のこととかを色々聞きたいなと思ってね」

それが建前なのは明らかだった。今言ったことが本当であれば、わざわざこんな目立つ方法を取らなくてもやり方はいくらでもある。

（何を考えているの？）

『来週、どこかで時間を作ってまた伝えるよ』

確かにそう言っていたが、まさかこんな方法でくるなんて――

すると花織の逡巡《しゅんじゅん》に気づいた悠里は、視線を沙也加へ移した。

「よかったら野村さんも一緒にどう？」

花織はハッと友人の方を見て、助けを求めた。

（沙也加、お願い……！）

すると、それを汲《く》み取った沙也加は、人好きのする笑みを浮かべたのだった。

「ぜひご一緒させてください」

「――それじゃあ、私はこれで」

女性社員の突き刺すような視線を受けながらフロアを後にした三人だが、会社のエントランスを出た途端、沙也加は花織に背中を向けた。

「あとは二人でごゆっくり。お邪魔虫は退散するわ」

「えっ……沙也加!?」

慌てて呼び止めるが時すでに遅く、沙也加は一度も振り返ることなくひらひらと手を振って去っていく。

「えぇ……？」

遠ざかる背中に思わず声を漏らせば、隣からクックと小さな笑い声が聞こえてきた。

困惑したまま仰ぎ見ると、悠里が苦笑しながらこちらを見下ろしている。

「野村さんには悪いことをしたな。今度何かお詫びをしないと」

口ではそう言いながらも申し訳ないといったそぶりは微塵《みじん》もない。むしろこうなることがわかっていたかのような様子に、花織は小さくため息をつく。

「わざとでしょう」

「ん？」

悠里はこちらの反応を楽しむように小首を傾げる。

その仕草が可愛い三十二歳ってどうなのよ、と内心思いながら花織は続けた。

「皆の前で私を誘ったことです」

「ああ、それはもちろん。というか初めから目的は花織をランチに誘うことだったしね」

「でも、部長に挨拶《あいさつ》するために来たって……」

「それは建前」

悠里はいけしゃあしゃあと言い放つ。

「逃げられないためには、あれくらいしなければと思ったんだ。君にそんなつもりがなかったとしても念には念を入れたかった。どうしても直接会って話したかったから。あとは、軽い牽制《けんせい》かな」

「……牽制《けんせい》？」

疑問に思う花織に、悠里は「とにかく」と話題を変えた。

「店を予約したからまずは行こう。早くしないと時間がなくなる」

そうして花織が連れていかれたのは、会社から徒歩圏内にある和食処だった。二人は待たされることなく二階の個室に通される。

六畳ほどの和室には大きなテーブルが一つだけある。床《とこ》の間《ま》には花が生けられており、畳からはほんのりとイグサの香りがした。とてもビジネス街にあるとは思えない落ち着いた雰囲気に座布団に座ったまま感心していると、正面に座る悠里は「日本にいた時に取引先の人に聞いたんだ」と教えてくれる。

「昼は定食がメインで夜になると酒も提供しているんだって。料理は季節ごとに旬の素材を使っているらしい」

「接待とかにも使えそうですね」

そんなやりとりをしながらお品書きに目を通す。しかし、種類が多くてなかなか決まらない。

「何と迷ってるの？」

「煮魚定食と刺身定食のどちらにしようかと……」

「なら俺が刺身を頼むから花織は煮魚にすればいい」

「そんな、悪いです」

慌てて首を横に振れば、悠里はからかうように目を細める。

「元彼の頼んだものは食べられない？」

「そういうわけじゃ……！」

「なら問題ないね」

悠里は店員を呼んでスマートに注文を済ませる。いつの間にかこの店を予約していたことといい、無駄がない。

「まずは食事を楽しもう。話はそれからでもいいだろ？」

「……はい」

悠里の言った通り、せっかく来たのなら料理の味を楽しみたい気持ちはある。

そして運ばれてきた定食は、見た目からして美味しそうで、味も申し分なかった。

おかずを交換して「美味しいですね」と言い合っていると、どうしたって懐《なつ》かしさを感じてしまう。初めこそ個室に二人きりというシチュエーションに緊張していたものの、気づけば花織は肩の力を抜いていた。

でも、それは自然なことなのかもしれない。

彼とは、数えきれないくらい一緒に食事をしてきたのだから。


「――ごちそうさまでした」

悠里より少し遅れて食べ終えた花織は箸《はし》を置いて両手を合わせる。そしてお茶を一口飲んで気持ちを落ち着かせると、改めて悠里と向き合い、切り出した。

「先日のお返事ですが、やっぱりもう一度お付き合いすることは――」

「待って」

しかし、その言葉は悠里によって遮《さえぎ》られる。戸惑う花織に彼は言った。

「花織が言おうとしていることはわかる。でも、少しだけ待ってほしい。まずは俺にチャンスをくれないか？」

「チャンス？」

「ああ。花織に今の俺を知ってもらった上でやり直すかどうかを判断してほしいんだ」

「……判断なんて、私はそんなことができる立場じゃありません」

「とにかく、一度もデートをしないで『ごめんなさい』と言われても、悪いが頷くことはできない。しつこいと思われようと、これだけは譲れないよ」

もっとも、と悠里は続けて言った。

「今の君に、俺が未練がましく復縁を迫るストーカーに見えるのであれば話は別だけど。それか、生理的に受け付けないほど嫌いとか」

「なっ……そんな風に思ったことは一度もありません！」

咄嗟《とっさ》に大声で反論してしまった花織は、慌てて口をつぐむ。

それでも今の彼の言葉は、たとえ冗談だとしても受け入れられるものではなかった。

綺麗な別れ方だったとは言えないけれど、花織が悠里を嫌いになるなんてことは天地がひっくり返ってもあり得ない。

「それならなおのこと、チャンスが欲しい」

悠里は口調こそ穏やかだったものの、花織を見据える眼差しは強くて、気圧《けお》されそうになる。

「まずは一度、遥希くんと三人で出かけてみないか？」

「遥希と？」

「ああ。いくら俺がやり直したいと言ったところで、遥希くんに受け入れてもらえなければ土台無理な話だ。というか、復縁云々《うんぬん》を抜きにしても純粋にあの子に会いたい」

「……どうして？」

「夏帆さんのお腹の中にいた頃から知ってる子だ。赤ちゃんの時に何度も遊んでるし、親戚の子どもよりもずっと思い入れがある。会いたいと思うのは当然だよ」

当たり前のように悠里は言った。

「出かける場所の候補は決まってるんだ。――これとか、どう？」

悠里は自身のスマホを差し出した。

戸惑いながらもそれを受け取った花織は、画面を見て思わず「あっ！」と声を上げる。

スマホの画面に映っていたのは、先日も話題に出たアニメーションの映画の公式サイトだった。

現在毎週日曜日の朝に放送されているそれは、ＳＬがロボットに変形して悪の組織と戦うアニメだ。あまりアニメに詳しくない花織にとっては「王道のロボットアニメ」という印象だったが、鉄道――特に蒸気機関車が大好きな遥希にとっては大いに刺さるものがあったらしく、毎週放送を心待ちにしている。

「この間、遥希くんが好きだと言っていたから、知人に頼んで試写会のチケットを用意してもらったんだ」

「試写会の⁉」

思わず声が裏返ったのは、花織も抽選に申し込んだが落選していたからだ。

試写会は四月二十日の土曜日。ちょうど遥希の五歳の誕生日だった。映画は声出しＯＫの応援上映で、しかも当日限定のヒーローショーもあると知って迷わず応募したのだ。

沙也加にも協力を頼んだけれど、結果は二人とも落選。

残念だけれど一般の上映日を待つしかないと思っていた。

そんなプレミアムチケットを悠里が持っているなんて――

「ちなみに遥希くん、映画館に行ったことは？　子どもメインの応援上映会といっても、上映中は暗くなると思うけど」

「……今まで何度か行っているので、それは大丈夫だと思います」

「なら問題ないね。はい、これがそのチケット」

そう言って、悠里はチケットの入手経路について教えてくれた。

なんでも、以前このアニメを作っている会社の別の作品と季和文具でコラボしたことがあり、その時の担当が悠里だったらしい。先方の担当者とは今でも付き合いがあり、その伝手《つて》で手に入れることができたのだとか。

「中に三枚入っているから、君に渡しておく」

目の前に差し出されたのは、喉から手が出るほど欲しかったもの。しかし、花織は受け取ることができなかった。悠里と復縁するつもりもないのにこれを受け取るのは、彼の好意を利用するのと同じことだ。そんなことはしたくない。

「お気持ちだけありがたくいただきます」

(ごめんね、遥希)

心の中で謝り、花織は断る。しかし、悠里は引かなかった。

「どうしても受け取れないと言うなら、こうしよう。このチケットは俺から遥希くんへの誕生日プレゼントだ。花織はそれを渡すだけでいい」

「でも……」

「難しく考えなくていいよ」

悠里は苦笑する。

「中のチケットをどう使うかは花織に任せる。遥希くんと二人で行ってもいいし、余った一枚は誰かにあげてもいい。できれば俺も一緒に行きたいところだけど、誘ってくれなかったからといって怒ったりしない。その時は、別の誘い方を考えるだけだ」

「どうして、そこまで……」

「そんなの決まってる」

答えは簡潔で、明快だった。

「花織と遥希くんと一緒に過ごしたい。ただ、それだけだ」

そう言って悠里は、思わず花織が見惚れてしまうほどの綺麗な顔で微笑んだのだった。


その日の夜。

寝かしつけを終えた花織は、リビングのソファに座り試写会のチケットを眺めていた。

もしもこれが恋人からのプレゼントなら、素直に感謝の気持ちを伝えて受け取っただろう。

でも今の花織は悠里から何かを贈られる関係ではない。もちろん、遥希もそうだ。

だからといって、せっかく彼が用意してくれたものを捨てることも、悠里を抜きに遥希と二人だけで楽しむこともできそうになかった。

（チケットを無駄にしたくないなら、悠里さんも誘って三人で行けばいい。でも……）

わかっていても、一歩が踏み出せない。

今の自分が最優先で考えなければならないのは、遥希の幸せだ。

そのためにこの三年間、どんなに辛くても、大変でも、踏ん張ってきた。

そんな花織にとって恋愛は不要なものだ。悠里と別れてから今日まで、そうやって生きてきた。

それなのに、もしも悠里とプライベートで過ごして、居心地のよさを感じてしまったら……一緒にいたいと、寄りかかりたいと、弱い自分が顔を覗かせてしまったら。

この三年間で少しずつ築き上げてきた「母親」としての軸がぶれそうで、怖かった。

『夏帆さんのお腹の中にいた頃から知ってる子だ。赤ちゃんの時に何度も遊んでるし、親戚の子どもよりもずっと思い入れがある。会いたいと思うのは当然だよ』

あの言葉が本心なのは花織にもわかっていた。復縁云々《うんぬん》とは関係なしに、悠里は遥希に会いたがっている。このチケットだって遥希を思って用意してくれたものだろう。

「どうしたらいいの……」

花織はチケットをローテーブルに置き、ソファに背中を預けて天井《てんじょう》を仰ぐ。その時、不意に背後から物音が聞こえた。ハッと振り返れば、寝室から出てきた遥希が瞼《まぶた》を擦っている。

「かおちゃん」

「遥希、どうしたの？」

「……トイレ」

眠そうに呟かれた声に花織はさっと立ち上がる。

「そっか。じゃあ一緒に行こうね」

そうして用を済ませた遥希をもう一度ベッドに連れていこうとした、その時だった。

「あーっ！」

突然の大きな声に何事かと思ったら、遥希の視線がローテーブルに釘付けになっている。

慌てたところですでに遅く、出しっぱなしにしていた試写会のチケットは遥希の手に握られていた。

印刷されたイラストから自分の好きなアニメだと一目でわかったのだろう。眠気が吹き飛んだのか、テンションの高い遥希は「わぁ！」とはしゃぎ始める。

「これ、えいがのだよね！　行けるの!?」

「ええと……」

返す言葉に困っていると、遥希は「やったぁ！」と嬉しそうにぴょんぴょん跳ね、そして花織に抱きついた。

「ありがとう、かおちゃん！」

「うっ……」

あざとい。でも、可愛すぎる。

花織の葛藤《かっとう》と可愛い甥《おい》っ子の眩《まぶ》しいほどのキラキラ笑顔。

どちらに軍配《ぐんぱい》が上がったのかは言うまでもなかった。


「――というわけで、チケットは使わせていただくことになりました」

翌日の夕方。

夕食と風呂を済ませた花織は、遥希が一人遊びをしている間に悠里に電話をかけた。遥希へのプレゼントとしてもらった以上、報告しなければならないと思ったからだ。

行くにいたった経緯――遥希にバレた時のことを話すと、悠里は『遥希くん、ナイスアシスト』と楽しそうにくすくす笑う。

『それで、電話をくれたってことは俺も一緒に行けると思ってもいいのかな？』

「……はい」

答えれば、安堵の息に次いで『ありがとう』と返ってくる。

『当日は家まで迎えに行くから、後で住所を送ってくれると助かる』

花織は目を瞬《またた》かせる。

「現地集合で大丈夫ですよ？」

『子連れだと荷物も多いだろうし、俺に教えるのが嫌でなければ迎えに行かせて』

嫌なんてことはない。再会してから多少強引なところは見えるが、彼が住所を悪用するような人でないのは知っている。

「……それじゃあ、お願いしてもいいですか？」

するとすぐに『もちろん』と明るい声で返ってくる。

『当日を楽しみにしてる。電話、ありがとう。――おやすみ』

「おやすみなさい」

電話を切った花織は、電車のおもちゃで遊んでいる遥希のもとに向かう。

「遥希、少しお話を聞いてくれるかな？」

「なにー？」

「今度、映画に行くでしょう？　その時にもう一人一緒に行ってもいいかな？」

「だれ？」

きょとんと見上げてくる遥希の前に花織は自身のスマホを差し出した。画面には一歳の頃の遥希を抱っこして満面の笑みを浮かべる悠里が写っている。

「あっ！　ぼく、この人しってる！　ゆうりさん、でしょ？」

「そう」

花織のスマホの中には、遥希が生まれてから五年間の写真や動画がたくさん保存されている。遥希はスマホの中の自分の姿を見るのがお気に入りだった。そこには「ママ」である夏帆が写っているからだ。そして当時の写真には悠里も数多く写っている。自然な流れで『この人はだれ？』と聞かれ、花織は『悠里さんだよ』とだけ答えていた。

「……悠里さんも一緒でいいかな？」

「かおちゃんのおともだち？」

一瞬、答えに詰まる。真実を告げるのであれば友達ではないけれど、元彼や同僚といった言葉を使うわけにはいかなくて、「そうだよ」と答えると、遥希はさして悩む様子もなく「いいよー」と言ってくれたのだった。

5

四月二十日、土曜日。

五歳の誕生日であるその日、遥希は朝からご機嫌だった。

寝室からリビングに起きてきたかと思えば、第一声が「おはよう」より先に「もう行く!?」だったのだ。今日を楽しみにしているのは最近の様子からも感じていたけれど、朝イチのそれには花織も噴き出してしまった。

試写会の開始は午後一時だが、午前十時頃に悠里が迎えに来ることになっている。

会場は大型ショッピングモールに併設された映画館なので、先に昼食を済ませる予定だ。

今にも出かけたい様子の遥希を宥《なだ》めながら朝食を食べさせ、着替えを済ませた時点で午前九時過ぎ。そろそろ花織も自分の準備を始めなければ。

「遥希、少しテレビを観ててくれる？　私も準備しちゃうね」

「はーい」

今日見る映画のアニメを選択して流し始めると、遥希は嬉々《きき》として観始めた。日頃からテレビの観すぎには注意している方だが、一人育児の頼れる味方もまたテレビだ。

――さて、何を着ていこう。

寝室のクローゼットの前で花織はしばし悩む。

普段、洋服選びにかける時間はそう多くない。

会社のある日は複数のスーツやブラウスを着回すのが定番となっているし、休日は遥希と公園などに出かけることが多いから、必然的にパンツスタイルを選ぶことになる。

大切なのは、「動きやすさ」と「なるべく汚れが目立たない」こと。

清潔感は忘れないように心がけているけれど、お洒落は二の次だ。

靴はヒールの低いパンプスかスニーカー。スカートなんてもう何年も穿いていない。

それでも服に興味がないわけではなかった。むしろ日頃シンプルな服装が多いからこそ、『いつか着られるかも』とネットで気になった服を買うことが時々ある。もっとも、それらは今もタグがついたままの状態でクローゼットの片隅で眠っているのだけれど。

悩んだ末に花織が手に取ったのは、先月通販で購入したばかりの小花柄の白のロングスカート。

そして、グレージュのリブニットに薄手の白のカーディガン。

いずれも気に入って購入した洋服だが、届いた日に試着をしたままになっていた。

それを今日着ていこうと思ったのは、他でもない悠里がきっかけだ。

『明日は俺も遥希くんの相手をするから、好きな格好でおいで』

昨夜、そう彼はメッセージを送ってきたのだ。

最初に見た時は驚いた。次いで、彼の気遣いに感謝した。

(……優しいところは変わらないのね)

気遣いができて仕事もできる。さらには見た目も申し分ない、年上の男性。

そんな彼と自分が釣り合っていないことは、十分理解していた。

花織は、沙也加のようにスラリとしたモデル体型でもなければ、見惚れるほどの美人でもない。

その自覚があったからこそ、恋人であった時は少しでも悠里の隣に立って恥ずかしくないようにとお洒落や美容に気を配っていた。

たとえささやかな変化でも、彼の前では少しでも可愛くいたかったのだ。

それに、化粧や洋服に意識を向けるのは純粋に楽しかった。

今、花織はその頃の感覚を久しぶりに思い出していた。

いつもより丁寧に施《ほどこ》した化粧。毛先をふんわりと内側に巻いた髪型。一つ一つ時間をかけていくと、忘れかけていた自分の中の女性らしさが少しだけ顔を覗かせる。

恋愛は不要だと言いながら、今の花織は悠里の目に自分がどう映るかを気にしている。

きっと前者は母親として、後者は女としての意識からくるものなのだろう。

その矛盾に気づきながら、花織は全ての支度を終えた。

壁掛け時計を確認すると、時刻は九時五十分。ちょうどいい時間だ。

寝室からリビングに移動した花織は、ソファに座る遥希にそっと声をかける。

「そろそろ時間だよ。テレビを終わりにできる？」

いつもなら『えー』『もう少しみる！』と返ってくるところだが、今日は違った。

「わかった！」

遥希は文句を言うことなくテレビを消す。そして花織の方を向くなり「わぁ！」と声を上げた。

「すごい！　かおちゃん、かわいいね！」

スカート姿を見せるのはほとんど初めてに近いが、まさかこんなに喜んでくれるなんて。

手放しの賛辞が嬉しいのはもちろんだが、それ以上にそう言ってくれる遥希が最高に可愛くて、花織はたまらず小さな体をそっと抱き寄せた。

「かおちゃん？」

ああもう。

「可愛い……」

生まれてから数えきれないくらい伝えてきた言葉だが、本当に可愛い。

「ふふっ、くすぐったいよ！」

「ごめんね、あと少しだけ」

抱きしめる両手に力を込めれば、遥希はみじろぎしながらも逃げようとはしない。

むしろ「もう、しょうがないなあ」とまんざらでもない様子なのがまたおかしくて、愛らしい。

（本当に癒《いや》されるわ……）

ハグはストレスを軽減させると聞いたことがあるけれど、まさにその通りだと思う。少なくとも花織にとって遥希以上の癒《いや》しは存在しない。

その後、名残《なごり》惜しさを感じつつもハグを終わりにして最後にもう一度荷物の確認をする。

「チケットも持ったし大丈夫かな。それじゃあ行こっか」

「うんっ！」

二人で待ち合わせ場所のマンションのエントランスへ向かう。

しかし、階段を下りてすぐに花織は足を止めた。

――悠里がいる。

壁に背中を預けた彼は腕時計に視線を落としていて、まだこちらに気づいた様子はない。そんな彼の姿に花織の視線は釘付けになった。

私服姿の悠里が、あまりにも素敵だったから。

白のシャツにベージュのカーディガン、そして細身の黒のパンツ。

シンプルかつスマートな服を着て立つ彼はまるで雑誌のモデルのようだ。

（それに、眼鏡……？）

初めて見る悠里の眼鏡姿に花織の心臓は一気に跳ね上がる。すると、突然足を止めた花織を不思議に思ったのか、遥希が繋いでいた手をくいっと引いた。

「かおちゃん？」

それに花織がハッと我に返るのと、悠里が顔を上げたのは同時だった。

腕時計から視線を上げた悠里は、花織と遥希に気づくとふわりと顔を綻《ほころ》ばせる。

「おはよう」

「お、おはようございます」

柔らかな微笑みに内心ドキッとしつつも挨拶《あいさつ》を返した時だった。手を繋いでいた遥希が突然花織の背中に隠れてしまう。

「遥希？」

「…………」

突然の行動に花織は顔を後ろに向けるが、遥希は背中にぎゅっとしがみついたまま離れない。

それでいて視線は悠里の方をじいっと見ていた。いったいどうしたというのだろう。

こんなことは初めてで花織が驚いていると、その様子を見ていた悠里が困ったように苦笑した。

「驚かせちゃったかな？」

「すみません、普段はあまり人見知りをする子じゃないんですけど……。遥希、ご挨拶《あいさつ》できる？」

しかし、遥希は答えることなくもじもじしたままだ。

怖がっているようには見えないから、緊張しているのかもしれない。

家を出るまで「今日は『ゆうり』さんもいっしょなんだよね！」とはしゃいでいただけにこの反応は予想外で、かえって花織の方が焦ってしまう。

やはり三人で出かけるのは難しかったのかもしれない。そんな思いが頭をよぎった時だった。

「こんにちは、遥希くん」

悠里はそっと腰を屈《かが》めると、遥希と視線を合わせてにこりと微笑んだのだ。すると、遥希はおずおずと顔を覗かせる。

「……こんにちは」

「おっ、挨拶《あいさつ》ができて偉いね。俺は――」

「しってるよ。ゆうりさん、でしょ？」

「え？」

「ママといっしょにいたよね。かおちゃんがスマホをみせてくれたもん」

悠里が目を見張ったのは一瞬だった。言葉足らずながらも遥希の説明でおおよその見当はついたのか、悠里は「そうだよ」と笑顔で肯定すると、はっきりと、それでいて柔らかな口調で続ける。

「今日は、俺も遥希くんと一緒に映画を観に行きたいんだけど、いいかな？」

悠里がアニメの名前をあげて「俺も好きなんだ」と言うと、遥希の表情がぱあっと輝いた。

「ほんとうに⁉」

「本当。でもまだ少ししか観たことないから、映画を観る前に俺に色々教えてくれると嬉しいな」

「ぼくなんでもしってるからおしえてあげる！」

「おっ、すごいな」

先ほどまでのもじもじはどこへやら。

遥希は花織の背中からぴょんと飛び出し、悠里に向けて得意げに胸を張る。

この年頃の男の子は単純だとよく耳にするけれど、今の遥希はまさにそれだ。しかしその単純なところさえ可愛いと思うあたり、自分は相当な親バカなのだと思う。

「それじゃあ行こうか。そうだ。遥希くん、よかったら抱っこしてもいい？」

「いいよ！」

二人のやりとりを微笑ましく見守っていた花織だが、予想以上に距離の縮まり方が早くて思わず「えっ！」と声を上げてしまう。すると、遥希を前向きに抱っこして立ち上がった悠里が「どうかした？」と目を瞬《またた》かせる。

「……重くないですか？」

「全然。むしろ思っていたより軽くて驚いた。とは言っても、赤ちゃんの時に比べたら本当に大きくなったけど。——遥希くん、怖くない？」

「だいじょうぶ！」

「よかった。遥希くんが赤ちゃんの時にもたくさん抱っこしたことがあるんだ。覚えてる？」

「おぼえてなーい！」

元気いっぱいに答える遥希に悠里は「だよな」と面白そうに小さく笑う。

笑顔なのは遥希も同じだった。

赤ん坊の頃は抱っこ紐《ひも》を使ってよく抱っこしていたが、年中になった今、その機会はめっきり減っていた。あったとしても、長時間は難しい。

だからだろう。軽々と抱っこされたのがよほど嬉しかったのか、悠里の腕の中の遥希はとても楽しそうだ。

「疲れたら代わるので言ってくださいね。駅まで抱っこするのはさすがに疲れるでしょうし。遥希も、わかった？」

「ええー……」

明らかに遥希が不満そうな顔をすると、悠里が「ああ、それなら」と何かを思い出したように口を開いた。

「今日は車で来てるから問題ないよ」

「車？」

「レンタカーだけどね。すぐそこの有料駐車場に停めてある」

「待ってください。電車で行くんじゃないんですか？　それにチャイルドシートとか……」

「ちゃんと用意したから大丈夫」

言葉の通り、マンションを出て一分も経たない距離にある小さな有料駐車場には、悠里が乗ってきたという車が停まっていた。車に明るくない花織には国産車のＳＵＶということしかわからないが、それは遥希を興奮させるには十分だったらしい。

悠里の腕の中の遥希は「車でお出かけするの⁉」と一気にはしゃぎ出す。

それに悠里は「そうだよ」と笑顔で答え、助手席側の後部座席のドアを開けた。

そこには確かにチャイルドシートが設置されている。

「遥希くんはここね」

「はーい！」

悠里は慣れた仕草でベルトを締める。

「花織は助手席よりも遥希くんの隣の方がいい？」

頷くと、遥希が乗っているのとは反対側の席のドアを開ける。さりげないエスコートに戸惑いつつ乗り込むと、それを見届けた悠里はドアを閉め、自らも運転席に乗り込んだ。

エンジンがかかると、遥希の瞳が輝いたのに花織は気づいた。これまで公共交通機関しか利用したことがない遥希にとっては、車一つとってもアトラクションのように感じるのかもしれない。

「遥希くんはこういう車が好き？」

「好き！　かっこいい！」

「趣味が合うね。……こんな感じが好みなら、同じのを買うかな」

後半にぼそりと呟かれた言葉にぎょっとする。

「冗談……ですよね？」

というか、冗談でなければ困る。はっきりとした金額はわからないが、もし本当に同じ車種を買うとなれば数百万はくだらないはずだ。それを遥希の一言で決めるなんて——

「いや、割と本気。ロンドン行きが決まった時に車は手放したから、今は自分の車がないんだ。どうせ買うなら遥希くんが気に入るものにしたい。せっかくチャイルドシートも買ったことだしね」

花織は唖然とする。

(買った？　チャイルドシートを？)

無言で驚愕《きょうがく》する花織の心情を読み取ったように、運転席の悠里は楽しそうに口角を上げた。

「今後も使う可能性があるなら、買っておいても損はないだろ？」

その言葉は暗に今後も遥希と会いたいと告げていた。思わぬ言葉に返答に困っていると、それが悠里にも伝わったのか、彼はそれ以上その話題に触れることはなかった。

「それじゃあ、行こうか。花織も、遥希くんも準備はいい？」

空気を変えるような明るい声に花織は頷き、遥希もまた「うん！」と大きな声で答える。

「しゅっぱーつ！」

天井《てんじょう》に向けて元気いっぱいに拳《こぶし》をかざした遥希に、悠里も「出発！」と続いたのだった。

目的地に到着するまでの車中、遥希のテンションは上がっていく一方だった。

その要因の一つは、悠里の徹底的なホスピタリティーにある。

彼は、遥希専用のプレイリストを作ってきていたのだ。

今日観る予定のアニメのオープニングから始まり、他にもこの年頃の男の子が好きな歌が「これでもか！」というほど詰め込まれた歌の一覧は、今日のために悠里が作ったものだという。

おかげで遥希は曲が流れるたびに「これしってる！」と声を上げ、音楽に合わせて歌ったり……とはしゃぎっぱなしだ。

その上、悠里は小さなクーラーボックスに子どもが好みそうな飲み物やお菓子まで持参していた。さらには「必要があれば使って」と、ウェットティッシュやスーパーの袋まで用意してあったのだから恐れ入る。

「本当にお子さんはいないんですよね……？」

「だからいないって」

ハンドルを握った悠里はおかしそうにクスッと笑う。

「ネットで調べて、あった方がよさそうなものを持ってきただけ。でも、そう言ってくれるってことは間違いじゃなかったのかな？」

「間違いどころか、完璧です」

「それならよかった。ちなみに一つ聞いてもいい？」

「なんですか？」

「さっきからちらちら俺の方を見てるのは、どうして？」

「あ……」

眼鏡をかけているからです。

そう伝えるのは恥ずかしい。でも、他にいい言い訳も思いつかずに正直に告白すると、悠里はパチパチと目を瞬《またた》かせ、「なんだそういうことか」と悪戯《いたずら》っぽく微笑んだ。

「向こうに行ってしばらくしてから視力が落ちているのに気づいてね。事務仕事や運転する時だけ眼鏡をかけることにしたんだ。でも、花織が眼鏡フェチとは知らなかったな」

「……別にフェチというわけじゃありません」

ただ、悠里がかけていると新鮮というだけだ。だって、あまりにも似合っているのだから。

「ねえ、かおちゃん。フェチって、なに？」

遥希の問いに返す言葉に困っていると、悠里が「遥希くん」と会話に割って入る。

「かおちゃんは、眼鏡をかけた俺がかっこいいって思ってくれたんだって」

「悠里さん⁉」

確かにその通りだが、そうは言っていない。いくらなんでもプラス思考すぎないだろうか。しかしそんな花織の胸の内など知らない遥希は、無邪気に「ゆうりさんかっこいいよ！」と言ったのだった。


それから程なくして三人を乗せた車は、目的地である大型ショッピングモールに到着した。

土曜日の昼前とあって駐車場がかなり混み合う中、悠里は立体駐車場に車を停める。

「はい、到着」

「とうちゃく！」

遥希が元気な声で復唱する。所要時間は約一時間。しかし、悠里の細やかな気配りもあり、遥希も花織も退屈する暇がないくらいあっという間だった。

「運転ありがとうございました」

「どういたしまして」

花織に続いて車から降りた悠里は、後部座席のドアを開けてチャイルドシートのベルトを外して遥希を下ろす。そして花織が遥希と手を繋いだ、その時。

「はやく行こっ！」

遥希が花織の手を振り払った。

「遥希!?」

「危ない！」

突然走り出した遥希の腕をすかさず掴んだのは、花織ではなく悠里だった。

直後、三人の目の前を軽自動車が走り抜けていく。あと少しでも遅かったら轢《ひ》かれていたかもしれない——その恐怖に一気に心臓が冷えて、花織は考えるよりも先に口を開いていた。

「駐車場で走っちゃだめだって、いつも言ってるでしょ!?」

「ごめん、なさ……」

ほんの少し前まで満面の笑みを浮かべていた遥希の目にみるみる涙が浮かぶ。

「あ……」

唇をきゅっと引き結んだ遥希は、今にも泣きそうだ。

頭に血が上《のぼ》っていた花織がハッと我に返るのと、ぽん、と肩を叩かれたのは同時だった。

悠里は花織を見て小さく頷き、次いでしゃがみ込んで遥希と目を合わせる。

「遥希くん。駐車場には車がたくさん走ってるから、飛び出したら危ないのはわかるよね？」

こくん、と遥希は小さく頷く。

「だから駐車場では大人と手を繋ごう。そうしたら安全だ」

「……うん」

「いい子だね。じゃあ俺とは右手。左手はかおちゃんと繋ぐ？」

言葉に促《うなが》されるように遥希がおずおずと花織を見上げる。どこか様子を窺うような表情に申し訳なさを感じながらも、花織はそっと手を差し出した。

「手、繋ごうか」

「うん。……かおちゃん、怒ってる？」

「もう怒ってないよ。さっきは大きな声を出してごめんね」

「……ぼくも、ごめんなさい」

小さな声で遥希が謝ると、悠里の大きな手のひらが彼の頭をそっと撫でた。

三人はショッピングモールの入り口へと向かう。

エレベーターを待つ頃には遥希の機嫌はすっかり直っていて、鼻歌まで歌っていた。そんな遥希に悠里は「なんの歌？」と話しかけているが、花織だけが気持ちの切り替えができないでいた。

普段、花織が声を荒らげることは滅多にない。

行儀が悪かったり、悪戯《いたずら》が過ぎた時などは真剣な声で叱ることはあっても、感情のままに怒ることはしないように気をつけてきた。けれど以前にも一度だけ先ほどのようなことがあった。

二年くらい前の話だ。

当時三歳の遥希は、スーパーの駐車場で突然花織の手を振り払って走り出そうとした。

花織は慌ててその手を掴み、大きな声で怒ってしまった。今よりも小さかった遥希は火がついたように泣き出した。すると、それを見ていた年配女性客に言われてしまったのだ。

『そんなに怒る必要ないんじゃないの？』

『怒鳴るなんてやりすぎよ。可哀想に、こんなに泣いて……』

『怒ると叱るは違うのよ。そんなことがわからないなんて、母親失格よ』

――何も知らない他人が好き勝手言わないで。

そう思えたらよかったのかもしれない。しかし、他人に『母親失格』と面と向かって言われたことが自分でも予想以上にショックだったのか、しばらくは抜けない棘《とげ》のように心に残っていた。

それなのに、自分は先ほどまた同じことをしてしまった。

(怒鳴る必要なんてなかったのに……)

冷静になった今ならそれが正解だったとわかる。でも、あの時は無理だった。

事故が起きていたかもしれない。取り返しのつかないことになっていたかもしれない。

――姉と、同じことになっていたかもしれない。

一瞬でそんなことが頭の中を駆け巡《めぐ》り、気づけば大声を上げてしまった。

落ち着いて「危ないよ」「気をつけようね」と言うだけでよかったのに、大声を上げてせっかくの誕生日に怯《おび》えさせるなんて――

そう、自己嫌悪に陥《おちい》りかけた時だった。

「花織」

小さな声が隣から聞こえた。ハッと隣を見れば、遥希と手を繋いだまま悠里が視線だけを花織に向けている。

「君は間違ってないよ」

「……え？」

「大切だから、心配してるから本気で怒ったんだろ？　それはきっとこの子もわかってる」

そして悠里は再び遥希に話しかける。それを横目に花織は小さく深呼吸をすると、二人の会話にそっと混じった。でも、本当は泣きそうな気持ちを堪《こら》えるのに必死だった。

『間違ってない』

花織の行為を受け止め、肯定してくれた言葉が嬉しかったのだ。

その後、三人はモール内を散策した後にフードコートで簡単に昼食を済ませ、併設された映画館へ向かう。子どもたちに大人気のアニメ先行試写会かつヒーローショーもあるとあって、入場前のフロアはすでにたくさんの親子連れで賑《にぎ》わっていた。

遥希と同い年くらいの子から小学生の子まで年齢はさまざまだが、やはり男の子が多い。

入場開始のアナウンスが聞こえると、観客がぞくぞくと中へ入っていく。

「かおちゃん、行こう！」

ぐいぐいと手を引かれた花織は、苦笑しつつも先にトイレに行こうと促《うなが》す。

すると悠里が「俺が連れていくよ」と遥希を抱っこしてその場を離れた。

正直、これにはかなり助かった。

今より小さい頃は、当たり前のように女子トイレに一緒に連れていった。しかし五歳ともなると「まだ大丈夫だろう」と思う一方、「もう五歳だから」という葛藤《かっとう》が生まれる。

はいえ物騒な事件も多い昨今、未就学児の遥希を一人で男子トイレに行かせるのは怖い。

それもあり、二人で出かける時はなるべく多目的トイレを利用するようにしている。

そんな経緯があるだけに、さりげない悠里の行動はとても助かるものだった。

（……それだけじゃないわ）

子連れで遠出なら車の方がいいだろうと、わざわざ車を借りてチャイルドシートまで用意してくれたこと。遥希が飽きないようにとプレイリストを作ってきてくれたこと。花織が思わず怒ってしまった時はすぐにフォローに回りつつ、遥希にだめなことはだめだと教えてくれたこと。

モールを回る時はずっと遥希と手を繋いでくれたこと。

昼食時は率先して子ども用の椅子を取りに行ったり、遥希の口の周りを拭いてくれたこと——

遥希が居心地よく過ごせるように、ちょうどいい距離感で接してくれているのだ。

そんな悠里に遥希はあっという間に心を開いた。メインイベントの映画はこれからなのに、すでに遥希は「ゆうりさん」ではなく「ゆうり！」と呼んですっかり懐《なつ》いている。

手を繋ぐのも、抱っこも、自分からせがんでいるほどだ。

沙也加の時とは甘え方が違うのは、一緒にいるのが大人の男性だからかもしれない。

「お父さん、お母さん、行こう！」

どこからか聞こえてきた声の方にふと視線を向ければ、一組の親子連れがいた。

三十代くらいの大人の男女と、小学校低学年くらいの男の子。

普通に考えれば父親と母親、そして子どもだろう。彼らを前に花織はふと思った。

――自分たち三人も、他の人の目には家族のように映っているのだろうか。

でも実際は、花織たちは家族どころか、親子でも、恋人同士ですらない。

花織、遥希、そして悠里。当事者にしかわからない歪《いびつ》な関係。それでも――

「かおちゃん！」

「おっと、走るなって。ぶつかるから一緒に行こう」

「じゃあ、手をつないでもいいよ」

「ありがとう。待たせたね、花織」

そうしてこちらに向かってくる二人は、花織から見ても本当の親子のように見えた。

「どうかした？」

「え……」

「じっとこちらを見てるから。手ならちゃんと洗ったよ。ね、遥希くん」

「うん！」

見つめ合って笑う姿はやはり父親と子どものようだ。しかしそれを口にするのはなぜか憚《はばか》られて、花織は「すっかり仲良くなったなと思って」とごまかした。

その後、三人揃って入場し、会場となるシアターへ向かう。

試写会限定の入場者特典は、映画に登場するＳＬロボットのカードが全部で三種類。運よくその全てが揃ったことで、上映前から遥希は大興奮だった。しかしそれも映画が始まるまで。

照明が落ちていざ上映が開始すると、遥希はじいっとスクリーンに見入っていた。

それから終了までの約七十分、ところどころで「わあ！」「えっ……！」と声を上げながらも、遥希は最後まで集中して映画を観終えたのだった。

そして場内がぱあっと明るくなると、大音量のＢＧＭが響き渡り、息つく間もなくヒーローショーが始まる。たった今見たばかりのヒーローたちの登場に、会場の子どもたちのボルテージは一気に上がった。

「かおちゃん、ゆうり！　見て、かっこいい……！」

遥希もその例に漏れず、今にも椅子から立ち上がりそうな勢いで大興奮している。

花織はなんとかそれを宥《なだ》めながら約三十分間のヒーローショーを一緒に楽しんだのだった。

試写会後、三人はモールに併設された屋外公園に向かった。

初めはどこかのカフェでひと休みしようと思ったのだが、遥希の興奮冷めやらない様子に断念し、それなら外で何か飲もうということになったのだ。

そうして到着した公園は想像よりずっと広々としていた。

敷地内には大型遊具や芝生《しばふ》滑りができる丘もあり、夏には噴水遊びもできるらしい。

四月の今はさすがにまだ水遊びはできなかったけれど、夏にはきっと今日以上の子どもたちで賑《にぎ》わうのだろう。

「あーっ！　ふわふわドームがある！」

「ふわふわドーム？」

「あれっ！　白のトランポリンみたいなやつ！」

「へえ、あれってそういう名前なのか」

「すべり台もおおきい！　行ってもいい!?」

遥希は手を繋いだまま花織と悠里を仰ぎ見る。

それに花織が「いいよ」と一緒に向かおうとすると、悠里がそっとそれを制した。

「俺が行く。花織は……ほら、あそこにキッチンカーがあるから、適当に飲み物を買っておいてくれる？　きっと遥希くんも遊んでいるうちに喉が渇くだろうし。はい、これ」

悠里が渡してきたのは財布だった。

「えっ!?」

花織は慌てて財布を返そうとする。

「私が買うので大丈夫です」

悠里はそれを「いいから」と笑顔で受け流し、そして「そうだ」と花織の耳元で一言囁《ささや》いた。

「今日の服、すごく似合ってる」

「っ……！」

「せっかく綺麗な格好してるんだから、今日の外遊びは俺がするよ」

ほんの一瞬、耳朶《じだ》にかかった熱い吐息に反射的に身を引く。対する悠里は花織のその反応にすっと目を細めて小さく笑った。その表情があまりに優しいものだから、花織は息をするのも忘れて見惚れてしまう。

胸が痛い。まず間違いなく、今の自分の顔は赤い。

「ねえねえ、ないしょ話？」

「ん？　かおちゃんに『可愛いね』って言ってたんだ。遥希くんもそう思わないか？」

「悠里さん⁉」

いったい何を聞いているのか。ぎょっとする花織だが、遥希は迷うことなく笑顔で頷く。

「今日のかおちゃんかわいいよね。スカートはいてるし」

「は、遥希……」

そう言ってくれるのはもちろん嬉しいし、なんならものすごくキュンときた。ここが家であれば「遥希の方が可愛いよ！」と抱きしめていたかもしれない。

しかし、悠里がいる前で言われると、ただただ恥ずかしい。一方の悠里は感心した様子で遥希の頭をぐりぐりと撫でた。

「遥希くん、わかってるなあ。保育園で女の子にモテるだろ？」

「しらなーい。それより、はやく！」

「ああ、悪かったな。それじゃあ行こうか」

「うん！」

遥希は滑り台目掛けて一直線に走り出す。その後ろ姿に「転ぶなよー」と声をかけながら後を追う悠里はやはり休日の父親にしか見えなかった。

今日一日で悠里と遥希は随分と仲良くなった。最初の方は遥希に対して少し遠慮がちというか、様子を見ながら接していた悠里だが、今ではすっかり口調が砕けている。

遥希はそれを当然のように受け止めていた。

写真で知っていても、遥希は悠里のことを覚えていない。それなのにあんなにも慕《した》っているのは、それだけ悠里が真摯《しんし》に遥希に接してくれているからだろう。

上辺だけではない、中身の伴った優しさ。彼のそんなところにかつての自分は恋をした——

（……何を考えているの）

心の奥深くに閉じ込めた恋心が浮上しないように、自分を戒《いまし》める。なんとか心を落ち着かせた花織は、キッチンカーに飲み物を買いに行くために悠里の財布をバッグにしまおうとして、気づいた。

一見どこにでもあるような黒の二つ折り財布。でも花織は、これが世界に一つしかないオーダーメイド品であると知っている。

ロンドン行きが決まった際に、花織が餞別《せんべつ》として渡したものだから。

三年前に比べて随分と色の変わった財布は、一目で使い込まれていることがわかった。それでいて、艶《つや》やかな光沢のある革の表面には目立った傷一つない。きちんと手入れし、大事にしているのが伝わってくる。

「……捨てたと思っていたのに」

昔は昔、今は今。今の二人の関係は、ただの同じ職場の人間。紆余曲折《うよきょくせつ》あって今日は一緒にいるものの、それは今日だけのこと。

——そのはずなのに。

彼の優しさに、手元にある財布に。心を乱されずにはいられなかった。


屋外公園で遊んだ後は、モール内のレストランで夕食を済ませた。

遥希は丸一日めいっぱい遊び、お腹も満たされたことで限界が来たのか、駐車場に着く頃にはすっかり夢の中で、チャイルドシートに座らせても眠ったままだった。

「充電が切れたみたいだな」

「あんなにはしゃいでいたのが嘘みたいですね」

ハンドルを握る悠里は、バックミラーで遥希の寝顔を見て笑みを浮かべる。

その様子を花織は助手席で見ていた。

『よかったら隣に座らないか？』

乗り込む前にそう悠里が言ったのだ。

密室の中で彼の隣に座ることにためらいはあったけれど、遥希がぐっすり寝ている状態では自分が後ろに座る必要もない。花織は誘われるまま助手席に乗り込んだ。でも、走り始めてすぐにそれを後悔する。

後部座席にいる時は後ろ姿を見ていればよかった。モールにいる時は常に間に遥希がいた。

しかし今、二人の間を隔てるものは何もない。

息遣いさえ聞こえてきそうな距離感に自然と肩に力が入ってしまう。でもそれは花織だけ。

今日一日、悠里はただの一度も緊張したそぶりを見せなかった。常に笑顔で余裕のある態度を崩さないその姿に、意識しているのは自分だけだと思い知る。

おそらく財布にも深い意味はないのだろう。

『その財布、まだ持っていたんですね』

返す際にぽつりと呟いた花織に対して、悠里は『使いやすくて気に入っているんだ』と答えただけだった。昔から彼は物を大切にする人だったから、きっと渡したのが花織でなくても、大事に使っていただろう。

「花織？」

不意に名前を呼ばれてびくんと肩をすくめると、悠里はクスリと笑った。

「そんなに驚かなくてもいいのに」

「ごめんなさい、少しぼうっとしていて……」

「疲れが出たんだろうな。なんだかんだ一日中歩き回っていたし」

「私よりも悠里さんの方が大変だったでしょう？　遥希をたくさん抱っこしてくれたし……」

「それは大丈夫。むしろ甘えてくれて嬉しかったよ。最初、花織の背中に隠れたのを見た時はどうなることかと思ったけど、途中からは『ゆうり！』って呼んでくれたしね」

「それは私も驚きました。あの子が大人を呼び捨てするのなんて初めてだから」

すみません、と続けるとすぐに「謝らなくていいのに」と苦笑が返ってくる。

「それだけ懐《なつ》いてくれたってことだろ？　俺としてはすごく嬉しいよ。それに俺も遥希くんと一緒にいてすごく楽しかった。赤ん坊の時とはまた違った可愛さがあるな。明るくて、元気で、人懐《なつ》っこくて本当に可愛い。駐車場は少しひやっとしたけど、悪いことをしたらちゃんと『ごめんなさい』ができて偉いと思った」

それだけじゃない、と悠里は穏やかに続ける。

「『いただきます』も『ありがとう』も当たり前のように言ってた。素直でまっすぐな子だ。きっと、花織の育て方がよかったんだな」

「え……？」

「いいお母さんだなって、思ったよ」

返事が、できなかった。

——お母さん。

本当に当たり前のようにそう言われたから。

喉の奥が詰まって声が出なくなるほど、嬉しくて胸が痛い。

「……ありがとうございます」

言えたのは、ただそれだけ。涙を堪《こら》えている今、それ以上のことは言葉にならなかった。

それが伝わったのかどうかはわからない。しかし、唇を噛み締める花織に悠里は言った。

「花織は頑張ってるよ。子どものパワーって本当にすごいんだって、今日一日でわかった。遥希くんはすごくいい子だと思うけど、まだ五歳だ。今日はご機嫌でも、わがままを言ったり、ぐずったり、泣きじゃくる日もあると思う。それを一人で受け止めるのは、並大抵のことじゃないよな」

嬉しい。でも、同じくらい「もう何も言わないで」と思ってしまう。

(それ以上は、だめ)

心が揺れて自分の中の弱さが露呈《ろてい》しそうになってしまう。寄りかかりたいと、思ってしまう。

「優しいことは、言わないでください」

「どうして?」

問う声は柔らかい。だからだろうか。

「……頼りたくなってしまうから」

隠そうと思っていた本音は、ぽろりと口から溢《あふ》れた。

その時、赤信号になり車が停車する。悠里は視線を助手席に向けた。目だけではない。彼はゆっくりと指先を花織の目元に寄せ、つうと目の縁をなぞった。

その時、初めて花織は自分の目が濡れていることを知った。

「頼ってよ」

「え……?」

「そのために今、俺はここにいる」

「悠里さん……？」

「俺は花織に頼られる存在になりたい。誰よりも近くで君と遥希くんを守り、支える立場が欲しいと思ってる」

「な、んで……」

「大切だから」

「っ……！」

「だから、困っているなら助けたいし、頼られたい」

「悠里さん……」

「すぐにじゃなくてもいいんだ。これから時間をかけて新しい三人の関係を築いていきたい。もちろん、その先に君と遥希くんの家族になる未来があれば最高だけどね」

彼の指が離れる。信号が青に変わり、車が動き始めた。

それから家に着くまでの間、二人の間に会話はなかった。

その沈黙を、花織は不思議と心地よく感じた。


その後、マンション近くの有料駐車場に到着する。

悠里は、熟睡する遥希をそっと抱っこして部屋まで送り届けてくれた。

玄関先で遥希を受け取った花織は、改めて感謝を伝える。

「今日は本当にありがとうございました。遥希にとってもいい誕生日になったと思います」

「どういたしまして。こちらこそ一日すごく楽しかったよ。俺も誘ってくれてありがとう」

（ありがとう、なんて……そんなの全部、私の台詞《せりふ》なのに）

今日一日、悠里はただの一度も疲れた様子を見せなかった。

それどころか積極的に遥希の相手をして、花織に『疲れてないか？』と声までかけくれた。

「よかったら、上がっていきますか？　運転で疲れたでしょうし、お茶でも……」

少し休んでから帰った方がいいのではないかという思いから誘う。しかし悠里はなぜか驚いたように目を見張り、次いで「気持ちだけ受け取っておくよ」と苦笑した。

「あと、そういうことを簡単に男に言ってはだめだ」

「そ、そんなつもりじゃ――」

「わかってる。でも、今日は帰るよ」

悠里はすうすうと眠る遥希の髪の毛をそっと撫でる。そのまま花織の髪にも触れようとした手が、直前でさっと引かれる。見れば悠里は自分でも驚いたような顔をしていた。

「ごめん、つい」

「い、いえ」

「じゃあ……おやすみ」

「おやすみなさい」

バタン、とドアが閉まる。

——撫でてくれてもよかったのに。

そんな風に残念に思う自分がいることに、花織は戸惑わずにはいられなかった。

6

『頼ってよ』

あの瞬間、花織はこの三年間必死に張り詰めていた糸が、ぷつんと切れる音を確かに聞いた。

もしも場所が車ではなく二人きりだったら、込み上げる感情のまま彼の胸に飛び込んでいたかもしれない。それほどまでに悠里の言葉はストレートに胸に響いた。

今日、悠里と遥希の三人で過ごして改めてわかったことがある。

悠里の隣は、他のどんな場所よりも安心する。

イギリスでの経験は彼をひと回り大きくさせたのだろうか。

大人の男の余裕に満ちた悠里からは、付き合っていた時以上の包容力を感じた。

密かに恐れていたことは、やはり現実となった。

花織は悠里と一緒にいる時、心の底から居心地がいいと感じてしまう。

次にもう一度プライベートで会えば、今度こそ母親ではなく女として彼を求めてしまうかもしれない。

だからこそ簡単に甘えることはできなかった。

今の花織は、悠里と復縁する意志も覚悟もないのだから。

悠里は『時間をかけて新しい三人の関係を築いていきたい』と言ってくれたけど、花織にはその一歩を踏み出すのが難しい。

それは悠里を信じられないからとか、疑っているからではない。花織自身の心の弱さが原因だ。

――もう一度付き合って、やはり思っていたのと違うと言われてしまったら？

彼への恋心も、別れの傷も、三年かけてようやく過去のものになりつつあった。

それなのに、もしもう一度、彼に心を傾けて再び別れることになったら……

きっと、花織の心は壊れてしまう。

悠里との関係について考えるだけで、花織の心はとても不安定になる。何よりもそんな弱い自分を自覚するのが嫌だった。

――強くならないと。

自立した大人としてしっかり自分の足で立たなければ、仕事と母親の二足の草鞋《わらじ》は履けない。

だから、花織は決めた。

(プライベートでは、もう悠里さんと会わない)

これ以上弱くならないために。揺らがないために。

これまでだって自分と遥希の二人でなんとかやってこられたのだから、きっと大丈夫。

そんな決意のもと、花織は今まで以上に遥希との時間を大切にした。

週末は積極的に出かけたし、ゴールデンウィークにも予定を詰め込んで遊園地や水族館にも行った。

その間も、悠里からは何度か誘いの連絡があったけれど『予定があるので』と言って断った。

しかし、そんな花織の思惑に反して、遥希と二人で出かければ出かけるほど、花織は悠里の存在を感じることになった。

『次はゆうりといっしょがいいな』

『ゆうりがいた方がたのしい！』

誕生日以降、遥希はことあるごとに悠里の名前を口にするようになったのだ。

例えば、日曜日の朝。一緒に映画へ行った鉄道ロボットアニメを観ながら、『ゆうりもみてるかなあ』と呟く。

保育園の行き帰りで黒のＳＵＶを見かければ、『あれゆうりの車かも！』とはしゃぎ出す。

それらに対して花織は『観てるかもね』『似ているけどあれは違う人の車かな』と、さりげなく話題を逸らす日々がしばらく続いた。

遥希の希望を叶えるのなら、『一緒に遊びに行きませんか？』と悠里を誘えばいい。

わざわざ車を借りてチャイルドシートまで用意してくれたのだ。

悠里はきっと二つ返事で受け入れてくれる。

でも、それがわかっているからこそ、花織は誘うわけにはいかなかった。

もしも二人が友人なら、気軽に遊びに行くこともできたかもしれない。でもこの先、花織が悠里と友人になることはあり得ない。

少なくとも、花織には無理だ。

なぜなら花織は知っているから。

触れ合う心地よさを、彼の唇の柔らかさを、肌を重ねることで得られる安心感を、狂おしいほどの甘い快楽を。

どうあっても花織にとっての悠里は、男なのだった。

◇

ゴールデンウィークが明けて数日後の午前、外回りから帰社しようとしていた花織の私用スマホが着信を告げた。

「沙也加、どうしたの？」

『これから会社に戻るところなんだけど、花織もまだ外にいるようならランチを一緒にどうかと思って。ちょうど行ってみたい店があるの』

「わかった、場所を送っておいてくれる？」

『オッケー。じゃあ後でね』

その後送られてきたＵＲＬをタップして、少しだけ驚いた。

「カツ丼専門店……？」

仕事の合間のランチにしてはなかなかヘビーな選択だ。

（でも沙也加、今は減量中って言ってたような……）

華やかな見た目ながら実は趣味が筋トレという彼女は、仕事帰りのジムが日課の体育会系だ。花織からすれば無駄な肉なんてどこにもついていない、むしろ理想的なスタイルに見えるのだが、本人にとっては違うらしい。

『三月の決算期のストレスで食べすぎたのに、ゴールデンウィークにまた色々食べちゃったの。増えた分はしっかり戻さないと』

と話していたのに。とはいえ特に断る理由もない。そうして店に到着するとすでに沙也加が店の前で待っていた。

「おつかれ。急に誘っちゃって悪かったわね」

「ううん、ちょうどお昼にしようと思っていたところだから。でもいいの？　減量中って言ってなかった？」

「食べなきゃやってられないようなことが起きたのよ」

「……何があったの？」

「食べながら話すわ」

連れ立って入店した二人はテーブル席に向かい合って座る。注文して早々、「はあ……」と沙也加が腹の底から吐き出したような大きなため息をついた。

「本当にどうしたの？」

「……久しぶりに女帝にやられたの」

その一言で花織はおおよその事情を察した。

それと同時に、ここ最近の沙也加が疲れている様子だった原因もわかった。

「女帝」こと徳原梨々子《とくはらりりこ》は、花織や沙也加より三歳年上の三十二歳。

悠里の同期でもあり、今は彼と同じ商品企画部に席を置いているが、二年前までは花織たちと同じ東京支社営業部に所属していた女性だ。

「あの人、営業部にいた頃と何も変わらないのよ。私には発情期の猫みたいにしゃあしゃあ噛み付いてくるくせに、男の前ではコロッと態度を変えて猫撫で声で話すんだから。『商品企画部の社員として現場の声を聞くのも大切だから』なんてそれらしいことを言ってるけど、お目当ては取引先のイケメン社員。そうじゃなきゃ、私に同行したいなんてあの人が言うわけないもの」

「あいかわらず沙也加のこと目の敵《かたき》にしてるのね、徳原さん」

「私は張り合うつもりなんてこれっぽっちもないのに、いい迷惑よ。もう営業部じゃないんだから私のことなんて放っておけばいいのに」

徳原は、モデル体型の沙也加とはまた違ったグラマラスな体型の美女だ。派手な外見に加えてはっきりとした性格と物言いをしていることから密かに「女帝」の異名がついたという。

社内広報誌の表紙を飾ったり、対外向けの社員紹介インタビューを受けたりなど、何かと露出の多かった徳原だが、沙也加が入社して以降その役割は彼女に代わった。

それが面白くなかったのか、彼女は新入社員の沙也加を何かと目の敵《かたき》にするようになったのだ。

しかし、徳原は表と裏の顔の使い分けがとても上手な女性で、男性社員の前ではコロッと態度を変える。

その最たる相手が悠里だ。

当時から徳原が悠里に気があるのは有名な話だった。

とはいえ悠里があからさまなアプローチになびくことはなく、徳原自身も告白して振られるのは体裁《ていさい》が悪いと思ったのか「仲のいい同期」として何かにつけて悠里にベタベタしていた。

それは今も変わらないようで、花織が帰国した悠里を食堂で目撃した時も、彼と一緒にいた女性社員は徳原だった。きっと、今の彼女は昔以上に悠里にアピールしているのではないだろうか。

だって、商品企画部には目障りな花織がいない。

表向き二人の交際は隠していたものの、わかる人には悠里が花織に目をかけているのは明らかだったのか、昔から悠里のいないところでちくちく嫌味を言われていた。

「あの人、いまだに大室さんにご執心よ」

こちらの内心を読んだような沙也加の言葉に、花織は静かに箸《はし》を置く。

「今日だって取引先に同行中、聞いてもいないのに何度も大室さんの話をしていたもの。『大室君はずっと営業畑だったから商品企画部については私が教えてあげないと』なんて張り切っていたし」

悠里に教える？

営業部にいた頃でさえ真面目に仕事をしていたとは言い難い徳原が？

同期とはいえ、今の悠里は徳原の上司なのに？

「教えるって……何を？」

思わず口をついて出た問いに、沙也加は「私もそう思ったわ」と肩をすくめる。

「だからつい『教えるって書類の場所とかですか？』って聞いちゃった。そしたらすぐに『仕事のやり方に決まってるでしょ⁉』って鬼の形相《ぎょうそう》で言い返されたけど」

「そ、そう……」

その時の光景が目に浮かぶようだ。花織は徳原に何を言われても聞き流すようにしていたが、沙也加は違う。間違ったことが嫌いな彼女は、何かと正面から言い返していた。

「とにかく、あの人とは本当に馬が合わないわ。男の前で態度を変えるのはまあいいとしても、花織に向かって『子持ち様』って言ったのはいまだに許せないもの」

「……そんなこともあったわね」

二年前、『遥希くんが発熱したので迎えに来てほしい』と保育園から連絡があった時のことだ。

『これだから子持ち様は嫌なのよ。自分のことしか考えてないんだから』

早退しようとする花織に向かって、徳原はそう吐き捨てた。

それまでも『結婚もしてないのに子どもなんて育てられるの？』『転職すれば？』等々、言われた小言は数えきれない。

あの時ばかりは、さすがに営業フロアの空気が凍った。子持ちの社員全てを敵に回したも同然だったからだ。しかし、それに反論したのは花織でもなければ他の子持ちの社員でもない。

『えっ！　「子持ち様」なんてリアルで言う人初めて見ました！』

　こめかみに青筋を浮かべた沙也加だった。

『あれってネットスラングのようなものですよね？　それをリアルで使うとかすごいですね！』

　満面の笑みから吐き出される痛烈な批判には、さすがの女帝も返す言葉がなかったようで、顔を真っ赤にして黙り込んでしまった。対する沙也加は『ふん、勝った』と言わんばかりの余裕で鼻を鳴らし、『花織、おつかれ』と送り出してくれたのだ。

　後に「子持ち様事件」と言われる一連の出来事は上司の耳にも入り、徳原が異動する要因の一つになるとともに、部内における沙也加の人気を底上げするきっかけともなった。

「あの時の沙也加には本当に救われたわ。立場上、私が言い返すわけにはいかなかったもの」

　花織が早退したり休んだりしたら、その分他の社員に皺《しわ》寄せがいくのは事実だ。

　徳原の言い方はどうかと思うが、言っていること自体は理解できる。

　一人で子育てをしていると、どうしても仕事で周囲に助けてもらう場合が出てくる。

　だからこそ、できる限り仕事で成果を出せるように努力しているものの、どうしても「迷惑をかけている」という後ろめたさは消えない。そう吐露《とろ》すると、沙也加は「理解しなくていいわ、そんなの」と肩をすくめる。

「女帝も私も今は独身なだけで、いずれは結婚して子どもを産む日が来るかもしれない。出産以外でも、病気や家庭の事情で休む可能性は誰にだってあるもの。持ちつ持たれつ、お互いさまよ。先のことなんて誰にもわからないんだから。それを理解してたら普通『子持ち様』なんて言えないわ」

上辺だけの慰《なぐさ》めではない。理路整然と述べられた言葉に花織は心から感謝した。

「……沙也加、ありがとう」

「惚れちゃった？」

「もうとっくの昔から惚れてるわ」

冗談半分、本気半分で伝えると、彼女はふふっと悪戯《いたずら》っぽく唇の端を上げた。

そんなやりとりをしていると料理が運ばれてくる。

「来た来た。女帝にがっつりやられたから、肉でも食べないとやってられないと思ってたのよ」

「それでカツ丼ね」

「今さらだけど、重かった？」

「ううん、私も大好きだから。家だと後処理が大変で揚げ物はあまりやらないし」

「それならよかったわ」

軽口を叩くうちに気持ちも浮上したのか、沙也加は運ばれてきた料理を美味しそうに食べ始める。

この辺りの切り替えの速さも彼女の長所の一つだ。

それから取り止めのない話をしつつ、カツ丼に舌鼓《したつづみ》を打つ。

「いいお店ね、ここ。がっつり食べたい時はいいかも」

「大室さんを連れてきたくなっちゃった？」

「っ、けほっ……な、んで急に……」

食事を終えてお茶を飲もうとしたところで、突然投げられた問いに思わずむせる。

「最近よく社食で一緒に食べてるじゃない。二人のこと、一部で噂になってるわよ」

噂、という言葉にドキッとする。

「それって、どんな……？」

「心配しなくてもそんな変な噂じゃないわ。仲が良さそうって言われてるくらいよ。ただ、午前中に女帝からも探りを入れられたから、ある程度は広まってると思うわ。昔同じ部署にいた先輩後輩ならランチするくらいは普通だと思います、とは言っておいたけど」

それに対して徳原は『別にただ聞いただけよ』と顔を顰《しか》めていたのだという。

「女帝も営業部に乗り込んで花織に何かを言ってくることはないと思うけど、一応気をつけてね」

「……ありがとう。気を遣わせてごめんね」

「全然平気。でも実際のところはどうなの？　遥希の誕生日に一緒に出かけたとは聞いたけど、その後何か進展はあったの？」

「…………」

「急に無言になるということは、あったのね」

「あったと言えばあったし、何もなかったと言えばなかった、かな」

煮え切らない返事に沙也加は不思議そうに目を瞬《またた》かせる。

沙也加の気持ちは手に取るようにわかるが、嘘は言っていない。

この三週間ほど、花織は何度もデートの誘いを断り続けた。しかしその間、何もなかったというわけではない。悠里は、毎日スマホに連絡をしてくるようになったのだ。

『おはよう』『おやすみ』などの挨拶《あいさつ》の時もあれば、『今日はここで昼を食べた。花織は？』などのさりげない質問だったりする。一日に一回、多くても数回程度送られてくる内容はどれも簡単なものばかりで、無視するのも申し訳なく、なんだかんだ今もやりとりは続いている。

さらに、悠里の行動はメールや電話だけでは終わらなかった。

花織が社員食堂で昼食をとっていると、悠里は迷わず花織の隣、もしくは対面に座るのだ。

他の社員もいるためかプライベートな話はしないし、会話のほとんどが仕事についてで、同じ会社の親しい先輩後輩として違和感のない距離感と言えるだろう。

しかし相手はあの悠里だ。女性社員の注目を一身に浴びている彼が、特定の女性社員と親しくしていて注目されないはずがなかった。

悠里とて自分が注目されている自覚はあるだろうに、周囲の視線なんて気にも止めずに花織のもとにやってくる。おかげで食事中の花織は気が気でなかった。

(他に席が空《あ》いていますよって言っても、『ここが俺のベスポジだから』とか言うし……)

その上『牽制《けんせい》しておかないと』なんて言うのだから、ますます意味がわからない。平凡顔のアラサー子持ちOLを狙う物好きなんているはずないのに。

「でも、連絡を拒否したり、一緒に食べるのを断ることはしないんだ？」

「それは……」

沙也加の指摘に気まずさを覚えながらも頷く。花織自身、自分の中の矛盾に気がついていた。

悠里と関わりたくないのなら、デートだけでなく連絡も含めた全てのやりとりを拒絶するべきだ。

「迷惑です」

はっきりとそう伝えれば、悠里は今後一切仕事以外での関わりを持とうとはしないだろう。

(……でも、できなかった)

だって、迷惑と感じた瞬間なんて一度もないのだ。

今の自分に恋愛は不要だからデートは断っているのに、スマホに「大室悠里」の名前が表示されると自然と心臓が跳ねる。

社食でも、彼と話すのは純粋に楽しかったし、勉強にもなる。

プライベートで関わりを持とうとは思わない。でも、それ以外の関わりは断ちたくない。

「……ずるいと思う?」

その自覚がありながらあえて聞くのは、多分「そうだ」と言ってほしかったから。

優柔不断なことをしているとわかっているから、それを叱ってほしかったのかもしれない。

「別にずるくてもいいんじゃない?」

しかし、沙也加の返事は意外なものだった。

「なんでも白黒はっきりつけることができるなら、恋の悩みなんて存在しないわ。心は機械じゃないんだもの。揺れるのも、考えが変わるのも自然なことよ。花織が悩む気持ちはわかるけど、まずは今思っていることを全部大室さんに伝えてみたら?」

これはあくまで私の考えだけど、と前置きした上で沙也加は言った。

「大室さんなら相手なんて選び放題でしょ。それなのにもう一度花織を選んだのは、それだけ花織と遥希のことを真剣に考えてるからだと思う。第一、子どものいる相手に『家族になりたい』なんて、生半可な気持ちでは言えないわ。だから、まずは花織の今の気持ちを伝えて、その上でどうするかゆっくり考えればいいじゃない」

「ゆっくり?」

「そう。焦って決めるような話じゃないし、大室さんだって急がせるつもりはないはずよ。そう重く考えないで、まずは様子見から始めてみればいいんじゃない?」

沙也加は柔らかく微笑んだ。

◇

その週の金曜日。

定時で仕事を終えた花織が保育園に遥希を迎えに行くと、遥希の担任から「お話があります」と別室に通された。いつもであれば正面玄関で一言二言交わして終わりなのに、何かあったのか——不安になる花織に、担任は遥希が同じクラスの女児とトラブルを起こしたことを説明した。

担任の話によると、それは工作の時間に起こったという。

今日は、週末の日曜日に控えた母の日のプレゼント制作の最終日だった。

遥希も相手の女児も楽しそうに取り組んでいたのだが、遥希が突然絵の具の水をひっくり返して、女児に向けて『バカっ！　きらい！』と大声を出した。

それに驚いた女児が泣いてしまった……というものだった。

（遥希が大声で怒鳴った？）

これまで癇癪《かんしゃく》を起こしたり感情的になって泣くことはあったが、そんなことは初めてだ。担任や過去に関わってくれた保育士も同じ認識でいたようで、「私も驚きました」と眉を下げる。

「申し訳ありませんでした！　あの、相手のお子さんに怪我などは……」

「それは大丈夫です。水はこぼれましたが机が濡れただけで、その子の作品が濡れることもありませんでした。泣いたのは、遥希くんの言葉や声の大きさに驚いたからのようです」

それに、と担任は言いにくそうに続けた。

「遥希くんが怒ったのにも理由があるんです。実は、母の日のプレゼント制作をしている時に、ある園児が『次は父の日だね』と話題を出して……。そこで、今回トラブルがあった女の子が隣の席の遥希くんに向かって言ったそうです」


遥希くんにパパはいないじゃん。

ママだってニセモノでしょ？


「っ……！」

無意識に握る拳《こぶし》に力が籠《こも》る。

ニセモノ。

その響きは、花織にとって破壊力がありすぎた。

この年頃の子どもは無邪気だが、時に残酷でもある。

まだその言葉の意味や、それを言われた相手がどう思うかまではわからないのかもしれない。だが、言われた瞬間の遥希がどんなに傷ついたのか。

それを思うとたまらない気持ちになった。

それでも、遥希が大声を出して相手の女の子を泣かせてしまったのは事実だ。

「ご迷惑をおかけしました。……遥希と家でよく話してみます」

「こちらこそ未然に防ぐことができずに申し訳ありません。今回は内容が内容でしたのでご報告しましたが、園であったことは園の責任です。こちらとしても東雲さんのご家庭の事情は理解しているつもりですので、今後も注意して見ていきます。ただ、父の日のプレゼント制作をやめることはできないので……そこは、申し訳ありません。ご理解ください」

「それは、もちろんです」

遥希に父親がいないからといって「父の日の制作をやめろ」なんて無茶苦茶な要求をするつもりはないし、園側の対応も間違っていないと思う。

担任との面談を終えた頃、別の先生に連れられた遥希がやってくる。いつもなら「かおちゃん！」と一目散にやってくる遥希は、無言でぎゅっと花織の足にしがみついた。

「遥希？」

「…………」

呼びかけても返事はない。俯《うつむ》いている姿は花織に怒られることを怯《おび》えているようだ。

（怒るわけないのに）

大声を出してバカと言ったことも、物に当たったことも、確かに褒《ほ》められたことではない。

それを注意することはあっても、遥希が受けたショックを想像すると、怒るなんて花織にはとてもできない。

「遥希、帰ろう？」

こくん、と頷く小さな体を抱っこして、花織は改めて担任に挨拶《あいさつ》をして園を出た。

いつもなら、その日あったことを楽しそうに話してくれる遥希だが、今日は違った。家に着くまで一言も発することはなかったのだ。

その様子に花織は昨年のことを思い出した。年少の時の父の日も、周りが父親の顔を描く中、遥希は花織の顔を描いてからかわれた。

（何をやってるのよ、私は……）

今年も同じことがあるかもしれないと、あらかじめ先生に相談するなり、家庭で話をするなりきちんと対処しておくべきだった。それなのに何もしてこなかったなんて、呑気にもほどがある。

しかし、自分が落ち込むのは後だ。まずは普段通りにする、そう決めた。

ご飯を食べて、お風呂に入って。遥希が落ち着いた頃に今日の話をすればいい。

しかし、玄関のドアを開けた途端に、遥希は靴を脱ぎ捨て一目散にリビングへと走り出した。

「遥希⁉」

花織は慌てて後を追いかける。そうして視界に飛び込んできたのは、ソファのクッションに顔を埋《うず》めて小さな肩を震わせる遥希の姿だった。

「……なんでぼくにはパパがいないの？」

「はる――」

「ニセモノってなんで？　どうしてかおちゃんがママじゃないの？　……なんでママもパパもいないのっ！」

動けなかった。答えなければいけないのに、抱きしめなければいけないのに。

空気を震わせるような泣き声に、リビングの入り口で足が床に張り付いたように動かない。

何も言えない花織の前で遥希がゆっくりと顔を上げる。その顔は涙でぐちゃぐちゃだった。

鼻水を啜《すす》ることもできずにひっくひっくと嗚咽《おえつ》を漏らし、遥希は叫ぶ。

「もうやだ……ママに会いたい……！」

ソファから立ち上がった遥希は、そのまま隣の寝室に駆け込む。立ち尽くしていた花織がなんとか足を動かして寝室に入ると、遥希はダブルベッドにうつ伏せになって泣いていた。

「遥希――」

「かおちゃんはこっちに来ないで！　向こうに行ってて！」

花織は伸ばしかけていた手をきゅっと握る。そして、声が震えそうになるのを堪《こら》えて話しかけた。

「私は隣の部屋にいるから……落ち着いたらおいで。そうしたら手を洗って、ご飯にしようね」

遥希は答えない。花織は後ろ髪を引かれる思いで寝室を後にした。

(ご飯、作らないと)

その前に手洗いとうがいを済ませて、部屋着に着替えて……ああだめだ、バッグを玄関に置いたままだから片付けないと。頭の中でそんなことを思い浮かべながら、リビングのドアを閉めて廊下に出る。そうしてバッグを掴んだところで、限界が来た。

「っ……!」

だめだ。ここで泣いて、遥希に気づかれたらあの子は気にしてしまう。今の自分がすることは、まず落ち着いて部屋から出てきた遥希を温かく迎えることだ。

だから――

(泣いちゃだめ……泣くな、泣くな、泣くな!)

廊下にしゃがみ込み、唇を引き結んで何度も何度も自分に言い聞かせる。

でも、次から次へと涙が溢《あふ》れてきて止まらない。泣きやもうと思えば思うほどそれはとめどなく頬を濡らしていく。

『なんでぼくにはパパがいないの?』

――私も知りたいよ。でも、教えてもらえなかったの。

『ニセモノってなんで? どうしてかおちゃんがママじゃないの?』

――私は遥希の叔母だから。遥希のママはお姉ちゃんだけだから。でも、私はずっと遥希を自分の子どもだと思って過ごしてきたよ。

『なんでママもパパもいないのっ！　もうやだ……ママに会いたい……！』

——私も会いたいよ。お姉ちゃんに会いたくて、会いたくて仕方ないよ。

普段は考えないようにしている感情が、考えが、想いが溢《あふ》れ出る。

（どうすればよかったんだろう……）

無理やりにでも、自分のことを「ママ」と呼ばせていればよかった？

当時、二歳間近で夏帆との思い出も記憶もあった遥希に……？

——もう嫌だ。私だって頑張っているのに、どうしてあんなことを言われないといけないの？

——ごめんね、遥希。本当のママじゃなくてごめんね。頼りにならなくてごめんね。

相反する気持ちが頭の中でごちゃごちゃに混じり合う。

五歳児の言葉を真に受けて大泣きするなんて情けない。本当の母親なら、こんな時どう子どもに接するのだろう。この三年間の自分の子育ては間違っていたのだろうか。

何が正解で何が不正解なのかわからなくなって、ただただ、息苦しい。

「あ……」

その時、不意にスマホが振動する。

バッグから取り出したそれに表示された名前は——大室悠里。

（だめ……）

出てはいけない。今出たら甘えてしまう、頼ってしまう。

そう、わかっているのに。弱い心は、彼との繋がりを望んでしまった。

『もしもし、花織？』

柔らかくて穏やかな声が好きだった……いいや、今なお心地よく感じる声。

声を聞いた瞬間、言葉では表せないような安心感が胸に広がっていく。

「悠里さん……」

掠れた声で応答する。それだけで悠里は花織が泣いていることに気づいたのだろう。電話の向こうでひゅっと息を呑んだ彼は『何かあった？』と焦ったように聞いてくる。

『今は家？　遥希くんは一緒だね？』

「は、い……」

花織は嗚咽《おえつ》混じりに頷く。

「私、遥希を泣かせてしまって……どうしたらいいのか、わからなくて……」

『落ち着いて、深呼吸をしよう。ちゃんと聞くから、大丈夫』

その声があまりに優しかったから。

花織は園であったこと、遥希に言われたこと全てを話してしまった。何度も言葉を詰まらせながらの説明は聞き取りにくかっただろうに、悠里は一度も遮《さえぎ》ることなく最後まで聞いてくれた。

『わかった』

電話越しに悠里は誰かに行き先を告げる。その地名と車の扉が閉まるような音に「まさか」と花織は息を呑む。

『今タクシーに乗ったから……そうだな、二十分くらいで着くと思う』

「そんな、来てもらうつもりじゃ……」

『強引で悪いとは思うけど、今の状態の二人を放ってなんておけない』

悠里は『すぐに行くよ』と言って電話を切った。

それからちょうど二十分経った頃、インターホンが鳴る。キッチンで夕食を作っていた花織は急いで玄関に向かい、ドアを開けた。

「悠里さん……」

「急に押しかける形になってごめん。でも、どうしても気になって」

頼ってはいけない。そう思っていたはずなのに、彼の姿を見た瞬間、一度は引っ込んだはずの涙が再び出そうになる。

まずいと思った花織がそっと視線を下げようとした、その時。

「目が赤い」

それより早く、悠里がそっと親指で花織の目元に触れた。

「ずっと泣いてたのか？」

「…………」

答えない花織に悠里はそれ以上何も言うことなく、「遥希くんは？」と聞いてくる。

「……ベッドにいます」

悠里を待っている間にも声をかけてみたのだが、けんもほろろに『来ないで！』と言われてしまった。ここまで完全に拒絶されるのは初めてで、途方に暮れたまま今にいたる。

「落ち着くまで少し様子を見ようと思って、夕食を作っていました」

時刻はもう七時を過ぎている。

今は感情的になっている遥希だけれど、きっとお腹を空《す》かせているはずだから。

「そっか。遥希くんと話をさせてもらってもいいかな？」

「……はい。こっちです」

「お邪魔します」

花織はリビング横の寝室へ悠里を案内する。寝室を見せることに少なからず抵抗はあったけれど、今はそんなことを言っていられない。

それに、あれだけ会いたがっていた悠里が相手なら、遥希も心を開いてくれるかもしれない。

先ほどの小さな体を震わせて涙を流す遥希の姿が強烈に目に焼き付いている今、どんなことにでも縋《すが》りたい気持ちでいっぱいだった。

「入ってもいい？」

「よろしくお願いします」

花織の承諾を得た悠里は静かに引き戸を引くと、中へ入っていく。直後、「ゆうり!?」と驚く声が聞こえてきた。続けて「なんでうちにいるの？」と興奮したような声がする。

それに対して悠里が何か答えているのが聞こえたけれど、花織はあえてその場から離れてキッチンに戻った。

彼に任せた方がいいのは、遥希の声の調子から明らかだ。

（ご飯を温めておこう）

食べるかどうかはわからないけれど、もし食べるなら温かいものを出してやりたい。

今夜のメニューは甘口の麻婆豆腐と、卵とキャベツの中華スープ、デザートはいちご。

二十分では簡単なものしか作れなかったけれど、どれも遥希の大好物だ。

麻婆豆腐は味噌をベースに味つけし、子どもでも食べやすいようにしている。

辛いものが大好きな花織には物足りないけれど、遥希の「おいしい！」の一言が聞けるなら、些《さ》細《さい》な我慢など苦でもなんでもない。

料理だけじゃない。ご飯をゆっくり食べる時間がなくても、長かった髪の毛を短くしても、着たい服が着られず、一人でゆっくりできる時間がなくても、構わない。

――大切なのだ。

大好きだった姉の忘れ形見であるあの子のことが、大切で、愛おしくてたまらない。

寝室のドアが開いたのは、悠里が中に入ってから五分ほど経ってのことだった。

遥希に次いで悠里が出てくる。

「かおちゃん……」

名前を呼ぶ遥希は少しだけ不安そうだった。

すると、後ろに立つ悠里が「言いたいことがあるんだろ？」と優しい声でそっと促《うなが》す。

頷いた遥希はキッチンまでやってきて、くいっとエプロンの裾《すそ》を引いた。

「……さっき、おこってごめんね。ぼくのこと、きらいになった？」

「っ、ならない！」

その場にしゃがみ込み、小さい体を抱きしめる。

「なるわけないよ……」

「……ほんとう？」

「本当」

抱擁《ほうよう》を解いた花織は両手で遥希の手を包み込む。そして正面からじっと見据えた。

「遥希」

「なに？」

「遥希のパパが誰かは私も知らないの。教えてあげられなくてごめんね」

「………」

「私は、遥希のパパでもママでもないけど……遥希のことが大好きだよ。お姉ちゃん――ママと同じくらい、遥希のことが大好き」

「大好き？」

「そう、大好き」

不安なら何百回でも何千回でも伝える。花織も人間だから、時には苛立ったり怒ったりすることもある。それでも断言できる。この先遥希が成長して反抗期が来たとしても、嫌いになることは絶対にない。

その思いが少しは伝わったのか。

「……ぼくも、かおちゃんが大好き」

遥希は照れたように小さく笑った。それをきっかけに場の雰囲気がふわっと和《やわ》らぐ。

「お腹空《す》いたよね。ご飯にしようか？」

「うん！」

「それじゃあすぐに準備するから、手を洗ってきてね」

頷いた遥希は洗面所に駆けていく、その後ろ姿を見送った花織は立ち上がり、二人のやりとりを見守っていた悠里に視線を移した。

「機嫌が直ったみたいでよかった」

「本当に……。でも、遥希と何を話したんですか？」

「ただの雑談だよ。あの子が好きなアニメの話とか、保育園で何が流《は》行《や》っているのかとか」

「それだけ？」

「それだけ。俺からは、父の日の話題や花織と言い合いになったことには触れてない」

それがかえってよかったのかもしれないな、と悠里は振り返る。

「初めは口が重かったけど、雑談しているうちに気分が切り替わったんだろうな。最後は、自分から今日あったことについて話してくれたよ」

悠里はその時のやりとりを教えてくれた。

『……かおちゃんに、「こっちに来ないで！」って言っちゃった』

『遥希くんはそれが悪いことだと思ったのか？』

『うん……』

『それなら「ごめんなさい」って言えばいいんじゃないかな。大丈夫、きっとかおちゃんは怒ってないよ。それよりご飯も食べないでここにいるのを心配してるかも。元気になったのなら、向こうの部屋に行って安心させてあげよう？』

「そう言ったら自分から部屋を出ていった。あの年で自分のしたことを反省して謝ることができるのは、すごいよ」

心から感心したように遥希の様子を語る姿に、気づけば言葉が漏れていた。

「すごいのは、悠里さんもです。私はただ狼狽《うろた》えることしかできなかったのに。……情けないですね」

弱音なんて吐くつもりはなかった。

それなのに、遥希の機嫌が直ったことに安心して、心の声がこぼれてしまう。

「かお――」

「手、あらってきたっ！」

悠里が何か言いかけたのと遥希が戻ってきたのは同時だった。弾けるような遥希の声に、湿っぽかった空気は一気に四散する。

（しっかりしなきゃ）

これ以上、悠里に情けないところを見せてはいけない。

「よかったら、悠里さんも一緒に食べませんか？」

会社から直接来たと話していたから、夕飯はまだ食べていないはず。ぱぱっと作った夕飯では今日のお礼にもならないだろうが、このまま帰すなんてことはしたくない。

「簡単なものばかりですけど……」

「でも、悪いんじゃないか？　急に押しかけてきたのは俺の方だし、準備だって大変じゃ……」

「もともと多めに作ってあるから大丈夫です。あっ、でも子ども向けの味付けになってるので悠里さんには物足りないかもしれません」

「花織の料理を物足りないなんて思ったことは一度もないよ。君が作ったのはなんでも美味しいから。ちなみに何を作ったの？」

「麻婆豆腐と中華スープです」

「両方大好物だ。じゃあ、お言葉に甘えようかな。その前に、俺も手を洗いたいから洗面所を借りてもいい？」

「は、はい」

頷くと、子ども用の椅子に座っていた遥希がぴょんと床に下りて悠里のもとにやってくる。

「じゃあ、ぼくがあんないしてあげる！」

「ありがとう」

二人の背中が廊下へ消えるのを見て、花織はそっと片手を心臓の上に当てる。

服越しに伝わってくる鼓動は心なしか速い。その原因は間違いなく先ほどの悠里の言葉だった。

三年ぶりに悠里に料理を褒《ほ》められた。

たったそれだけのことで、花織は平静を装《よそお》うのが難しいくらいに動揺した。

それから三人で囲んだ食卓は、多分この家に来て一番賑《にぎ》やかなものだった。

悠里がいるのが本当に嬉しいのか、遥希があまりにも楽しそうに話し続けるものだから、花織は何回も「楽しいのもわかるけどご飯を食べるのに集中しよう？」と窘《たしな》めることになった。

悠里は、そのたびにとても優しい眼差しで遥希を、そして花織を見つめていた。

遥希の言葉に耳を傾けながら、花織には「美味しいよ」と笑顔で料理の感想を伝えてくれる。その光景は「家族」を連想させるには十分すぎた。

――もしも三年前に別れなければ、今日のような光景が当たり前にあったのかもしれない。

あの時の自分の選択を後悔はしていないけれど、そう思うと少しだけ切なかった。

食事を済ませると、時刻は午後八時半過ぎ。

この後は入浴して九時前には眠るのがいつもの流れだ。

お風呂は食事中に沸かしておいたから、入ろうと思えばいつでも入れる。それを遥希もわかっていたのか、「ごちそうさま！」と言うなり悠里に向かって言った。

「ゆうりは、おとまりする？」

皿を下げようとしていた花織はぎょっとする。その横で、悠里は遥希に「ごめん」と苦笑した。

「お泊まりはできないんだ。今日はもう帰らないと」

「なんで？」

「それは……」

本気で困った様子の悠里に気づいた花織は、慌てて二人の会話に口を挟む。

「悠里さんは、自分のお家に帰らないといけないの」

「だから、どうしてだめなの？　ゆうりはかおちゃんのともだちでしょ？　なら、泊まればいいのに」

「――友達？」

ピクリ、と悠里が反応する。視線を遥希から花織へと移した彼の顔は、なぜか強張《こわば》っていた。

「……家に泊めるような『友達』がいるの？」

「え、ええ」

「誰？」

不思議に思いながらも「沙也加がたまに泊まります」と答えたところ、悠里はガクッと項垂《うなだ》れた。

「そういうことか……」

「悠里さん？」

「いや、なんでもない。こっちの話。――遥希くん、じゃあこうしよう。泊まることはできないけど、今日は遥希くんが寝るまで一緒にいる。それでいい？」

「えー……」

「な？」

「もう、しょうがないなあ。いいよ、それで」

やれやれ、と言わんばかりの五歳児の口調に苦笑する悠里に花織はそっと問いかけた。

「時間は大丈夫ですか？」

「問題ない。どうせ帰っても仕事をするか寝るだけだから。でも、遥希くんは寝る前に風呂に入らなきゃいけないよな。その間、ここで待たせてもらっても構わない？」

「それは、大丈夫ですけど……」

「じゃあ俺はここにいるから、二人はお風呂に行っておいで」

「はーい！　かおちゃん、いこう！　ゆうり、おふろから出たらあそんでね！」

「あっ、待って遥希！　……もう」

遥希を追いかける前に悠里を見れば、彼は「行っておいで」と優しく微笑んだ。

その後、花織は慌ただしく入浴の準備をして風呂場に向かったのだが、二人で湯船に浸《つ》かったところで重大なことに気づく。話の流れで悠里が待っていてくれることになったが、つまりそれは風呂上がりの姿を見られるということだ。

(悠里さんに、すっぴんパジャマ姿を晒《さら》すの……？)

リビングで待っている悠里の姿を思い出す。

彼は、一日の仕事を終えた後とは思えないほどの爽《さわ》やかさを保っていた。

化粧なんてしていないはずなのに肌は艶《つや》やかで髪もさらさら、もちろん整った顔立ちは言うまでもない。そんな完璧な彼に、完全オフモードを晒《さら》すなんて公開処刑のようなものではないか。

その様を想像しただけで、いたたまれなさを感じてしまう。

「かおちゃん、ぼくもう出たい」

「えっ……」

「ゆうり、待ってるもん」

「そ、そうだね」

ハッと我に返った花織は、無理やり思考を切り替えて遥希と共に風呂を出る。

自分はバスローブを体に巻きつけただけの状態で手早く遥希の体に保湿剤を塗り、髪の毛を乾かした。そうしてドライヤーのスイッチを切った時だった。

待ちきれないとばかりに遥希は脱衣所を飛び出してしまう。

「遥希⁉」

慌てて後を追いかけリビングに入る。そして、悠里と目が合った。

悠里の目が大きく見開かれる。その視線が自分の体に向けられているのに気づいた瞬間、花織はたまらず息を呑んだ。

なんて格好で来てしまったのか。ほとんど胸元のはだけたバスローブ姿なんて、すっぴん部屋着以上に目も当てられないではないか。

「あのっ、これは――」

両手で胸元を合わせる。対する悠里はハッとしたような顔をして、足元にいる遥希の頭を撫でながら微笑んだ。

「遥希くんは俺が見てるから、ゆっくり着替えておいで」

「は、はい。すみません、遥希のことをお願いします」

花織はぺこりと頭を下げ、逃げるように脱衣所に戻る。そしてドアを閉めるなりその場にへなへなと座り込んだ。

――恥ずかしい。

みっともない姿を晒《さら》してしまったこともだが、それ以上に羞恥心《しゅうちしん》を感じたのは、悠里の態度にだ。

悠里が驚いたのは一瞬で、その後は特に動揺した様子はなかった。

冷静に考えれば彼の態度は当たり前だ。久しぶりだったにしても、悠里は花織のすっぴんも部屋着姿も見慣れている。今さら驚くことなんて何もないのだ。

「はあ……」

意識しているのは自分だけだとわかり、少しだけ切なくなる。

悠里と再会してから、ジェットコースターのように心が浮き沈みする。

付き合っていた頃、ここまで彼に心を乱されることはなかった。むしろ別れたからこそ、昔以上に彼を異性として意識しているのだと、今ならわかる。

中途半端に避けておきながら、今日のように都合よく彼を頼るのは一番よくない。

特に、彼にとても懐《なつ》いている遥希にとっては。

(……けじめをつけないと)

着替えを終えた花織は脱衣所を出る。しかし、すぐに違和感を覚えた。

てっきり悠里を前にはしゃいでいると思っていたのに、遥希の声が聞こえない。

不思議に思いながらもリビングに続くドアを開けると、ソファの上ですやすやと眠る遥希と、その頭を優しく撫でる悠里がいた。

「悠里さん」

声をかけると、悠里は微笑む。

「今寝たところ」

「あんなにはしゃいでいたのに……」

「眠そうにしてると思ったら、こてんと寝ちゃったよ。ベッドに運んでもいい？」

「は、はい」

寝室のドアを開けた花織は、ベッドのかけ布団をめくってスペースを作る。遥希を横抱きにした悠里はそこに小さな体を寝かせ、そっと布団をかけてくれた。

「可愛いな」

すやすやと安らかな顔で眠る遥希の姿を二人で見ていると、自然と思い出される光景がある。遥希が生まれたばかりの頃、彼と姉の三人でこうして赤ん坊の遥希の寝顔を見つめた。

懐《なつ》かしくて愛おしい、幸せに満ちていたあの瞬間。

「昔……夏帆さんと俺と花織の三人で、こうして遥希くんの寝顔を眺めたことがあったね」

花織はハッと悠里の顔を見る。

悠里は柔らかな表情のまま花織に提案してきた。

「少し話そうか。仕事以外で二人で話せる機会はあまりないから」

「……はい。私も、お話ししたいことがあります」

「わかった」

二人でリビングに移動する。花織がお茶を淹《い》れようとすると、悠里は「いいから」と静かにそれを制した。

「時間も遅いから、話したらすぐに帰るよ」

「……わかりました」

花織はソファに座る。しかし、悠里が腰を下ろしたのはダイニングチェアだった。当然のように隣に座るものだと思っていた花織が目を瞬《また》かせると、悠里は困ったように眉を下げる。

「さすがに今の君の隣には座れないかな」

「どうしてですか？」

「言わなきゃわからない？　忘れているようだけど、俺も男だ。風呂上がりの無防備な君の隣に座るのは、さすがに辛い」

「あ……えっと……わかり、ます」

意識しているのは自分だけだと思っていただけに、意外な形で知らされた事実にぶわっと頬に熱が集まる。思わず両手で頬を押さえると、悠里はくすくすと笑い声を漏らす。

「その反応を見る限り、少しは期待してもいいのかな？」

「期待？」

「ああ。まだ、俺を男として見てくれてるのかなって」

すぐに反応できなかったのは、「彼は何を言っているのだろう」と思ったからだ。

少しはどころか、悠里を異性として見ていなかったことなんて、ただの一度もない。

それは当然悠里もわかっていると思っていた。でも、そうではなかったのだと、続く悠里の言葉で知る。

「誕生日以降、デートは断られるけど社食での食事は一緒にしてくれるし、メールも返してくれる。だからてっきり、君にとっての俺は、もう『男』じゃなくてただの会社の先輩か、よくて友人として見られていないのかと思ってた」

だから顔が赤くなった花織を見て安心したのだ、と悠里は苦笑混じりに語る。

思いもよらないその告白に、花織は気づけば答えていた。

「悠里さんを友人と思ったことは一度もありません。……むしろそう思えないから、困るんです」

——あなたを、男として意識してしまうから。

悠里が大きく目を見開き、ごくんと息を呑む。その反応に花織の鼓動も再び速くなる。

空気がひりついている。肌がぴりぴりするような、どうしようもなく心がそわそわするこの雰囲気には覚えがあった。

恋人になって初めて夜を共にした時と同じような、甘さと息苦しさを孕《はら》んだ空気感。

家族のように三人でいる時とも、会社やカフェの時とも違う。

花織は、改めて一人の男女として向き合っているのを感じた。

今の自分は母親ではなく、ただの女だ。

（いけないのに……）

どうしようもなく、悠里の存在に惹かれずにはいられない。

「花織」

「あ……」

びくんっ、と一瞬肩が震える。あまりに久しぶりの空気感に緊張していた。それは悠里も同じだったのかもしれない。

彼は真剣な眼差しでかつての恋人を見つめてくる。

「俺に対することでも、遥希くんのことでも、どんなことでもいい。今、花織が思っていることを教えてくれないか」

その言葉に、頭をよぎったのは沙也加の声。

『まずは今思っていることを全部大室さんに伝えてみたら？』

母親として恋愛を遠ざけた。それなのに、心は悠里を意識している。その相反する気持ちに自分でもどうしたらいいのかわからず、結果的に中途半端な態度になってしまっていた。

でも、いつまでもこのままではいられない。

（ありがとう、沙也加）

友人の言葉に背中を押されるように、花織は口を開いた。

「私は……遥希が大切なんです」

「うん」

「あの子のためならどんなことでも頑張れるんです」

本当に大好きで、愛おしい存在。

「今の私の一番の目標は、あの子を成人するまで立派に育て上げることです。でも私は不器用だから、仕事と育児で手いっぱいで……。だからもう恋なんてしない。恋愛なんて不要なものだと、ずっと思っていました」

言葉を詰まらせながらも、花織は今自分が抱えている気持ちを一つ一つ語る。

悠里の優しさに触れれば触れるほど、後戻りできなくなりそうで怖い。

もし、もう一度恋人になって、その先に再び別れが訪れたらと思うと、怖くて一歩が踏み出せない。

母親として一人で踏ん張ってきたのに、女に戻って、弱い自分が露呈《ろてい》するのが怖い。

なのに、悠里と一緒にいると心地よくて安心する。

遥希と三人でいると、まるで家族になったように錯覚してしまう。

「悠里さんは私に『やり直してほしい』とはっきり伝えてくれました。でも今の私は、あなたともう一度恋人になって……結婚する覚悟が持てないんです。そんな中途半端な気持ちであなたと一緒にはいられない。それは、悠里さんの好意を利用することになってしまうから」

「だから、デートは断った？」

こくん、と頷く。

「俺が嫌いなわけじゃないんだね？」

嫌い？　むしろその反対だ。

（好き……）

今ようやく、自分の心にある気持ちを素直に認める。

悠里が好きだ。別れてからもずっとずっと、彼のことだけが好きだった。でも今の花織には、その二文字がどうしても口にできない。それでも、嫌いだなんて誤解はしてほしくなかった。

「悠里さんを嫌いになるなんてあり得ません。……それだけは、絶対に」

はっきりと明言する。それに対して返ってきたのは、「よかった」という安堵の息だった。

「話してくれてありがとう。花織が考えていることは十分伝わった。その上で俺の思ったことを伝えるよ。――俺のことなんていくらでも利用すればいい」

「……え？」

「むしろ俺はそうなることを望んでる。言っただろ？　俺は花織に頼られたいし、甘えられたいって。君は『中途半端』と言ったけど、それは違う。俺との関係に花織が慎重になるのは、むしろ自然なことだ。だって、それだけ遥希くんのことを大切に思っているんだから」

流れるように、言葉は続く。

「恋愛するのが怖いなら今はそれで構わない。でも、俺と一緒にいるのが嫌でないなら……居心地がいいと感じてくれるなら、君たちと一緒にいさせてほしい。これから三人でたくさん出かけて、同じ時間を共有しよう。その先に家族になるという未来があれば最高だけど、今はそこまでは望まない。花織と遥希くんと一緒にいられるなら、関係性の名前にはこだわらないよ」

だから、と悠里は言った。

「二人のそばにいさせてくれないか？」

「でも、そんな都合のいい……」

「いいんだ。利用しても都合がよくても、俺自身がそうしてほしいんだから」

ダイニングチェアから立ち上がった悠里は、ソファに座る花織の前に跪《ひざまず》く。彼に指先で目尻を拭われ、花織は初めて自分が泣いていることを知った。

「ゆっくりでいい。時間をかけて、新しい関係を築いていこう」

親指で涙をすくわれ、大きな手のひらが頬に触れる。

懐《なつ》かしい温かさに涙が溢《あふ》れた。心が揺れて、ゆっくりと解れていく。

「……甘えていいの？」

「いいよ」

「頼って、いいの？」

「もちろん、いくらでも」

「っ……！」

「花織。抱きしめてもいい？」

頷く以外の答えなんて、ありはしない。

悠里は、まるで宝物に触れるようにそっと花織の体を自らの胸へ引き寄せた。そうして両手を花織の背中に回してトン、トン、と心地よいリズムで叩かれる。

悠里に抱かれながら、花織は自分があるべき場所に帰ってきたような気がした。

どれほどそうしていただろう。心地よい温もりの中で花織は気づいた。

「……悠里さん、心臓がドキドキしてる」

彼も、自分と同じように緊張しているのか。

そう思うと少しだけおかしくて、花織はゆっくりと顔を上げる。

そして、息を呑んだ。とろけるような甘い瞳がそこにあったから。

「ドキドキするよ。花織を抱いてるんだから。——ずっと、こうしたかった」

瞳と瞳が重なる。囚《とら》われて、惹かれ合う。どちらからともなく顔を寄せ合い、唇が触れた。

「あ……」

重なったのはほんの一瞬。キスというにはあまりに拙《つたな》いそれに物足りなさを感じたのは、きっと互いに同じ。けれど花織も、そして悠里もそれ以上先に進むことなく、ゆっくりと離れる。

「今は、これ以上は我慢しておく。本当は今すぐその先をしたいけど」

「えっと、それは……」

今になって急に恥ずかしさが込み上げてきて、上手く答えられない。キスしたばかりなのに悠里の顔を見るのも気まずくて俯《うつむ》いていると、額に再び柔らかい感触が触れた。

「ひゃっ……！」

花織は思わず声を上げるが、すぐに遥希が寝ていることを思い出して両手で口を押さえる。その様子を悠里はくっくと笑いを噛み殺しながら眺めていた。

「……悠里さん」

恥ずかしさをごまかす気持ちと、抗議する気持ち半分でじろりと見ると、彼は「ごめん」とますます笑みを深めた。

「花織が可愛すぎて、つい」

「かわっ……！」

「これ以上はもうしないよ。だからそんなに可愛い顔で怒らないで」

「可愛くないし、怒ってもいません！」

小声で反論すれば、悠里は耐えきれないとばかりに噴き出した。

「そういうところが可愛いんだよ。ああ……もう、たまらないな」

はあ、と笑顔と共にため息をついた悠里は立ち上がる。

「帰るよ」

玄関に向かう悠里の後に花織も続く。

「花織も早く休みなよ」

「……はい。今日は本当にありがとうございました」

「どういたしまして。――おやすみ」

「おやすみなさい」

ドアが閉まり、悠里の姿が見えなくなると、花織はその場にしゃがみ込む。

その晩、花織は明け方まで眠りにつくことができなかった。

7

それから花織と悠里の関係は変わった。

週末のどちらかは遥希と三人で遊びに出かけるようになったのだ。

悠里がはっきり「デート」と呼ぶ外出の行き先は、子連れということもあり自然と公園や遊園地などのテーマパーク、ショッピングモールなどが多かった。

付き合っていた頃のようにカフェでゆっくりしたり、ディナーに行くのももちろん楽しかった。しかし、三人で過ごす時間は以前に負けないくらいに居心地のよさを感じていた。

胸の高鳴りも、また。

◇

六月初旬の土曜日。花織は悠里と遥希の三人で外出していた。

通算四度目のお出かけとなるこの日の行き先は、茨城県にある大型水族館だ。

前回の公園デートの際、遥希が『イルカが見たい！　あとペンギンも！』と言ったのがきっかけで決まった。都内からは車で二時間半ほどの距離にあり、この日もまた悠里が車を出してくれた。

「ねえ、ゆうり！　イルカとペンギンがいるんだよね？　シャチもいる？」

行きの車中、興奮気味の遥希が運転する悠里に問いかける。これに悠里はバックミラーで遥希を見て苦笑した。

「今日行く水族館にはいないな。というか、シャチなんてよく知ってるね」

「保育園のずかんでみた！　シャチって水のなかでいちばんつよい動物なんだよ」

「へえ、遥希は物知りだな」

「『ものしり』ってなに？」

「あー……いろんなことを知っててすごいな、ってこと」

悠里が優しく説明すると、遥希は得意げに「へへっ」と笑った。

そのやりとりを花織は遥希の隣で聞いていた。

(本当の親子みたい)

そう思うほどに二人は仲がいい。花織抜きに会話が弾むこともしょっちゅうで、最近では花織が聞き役に回ることも多い。それらが全て悠里の気遣いのおかげなのは確かだった。

彼は、とにかく遥希の扱い方が上手なのだ。

基本的には友達のように気安く接しながらも、時々遥希が過ぎたわがままな言動をすると、しっかり窘《たしな》める。そんな時、彼は絶対に感情的になったりしない。

視線を遥希の目線に合わせて冷静に諭すのだ。

遥希が反省すると、ぱっと気持ちを切り替えて同じ話題は引きずらない。何かと感情的になりがちな花織から見れば理想的な接し方に、ただただ感心させられた。

特に親戚に遥希と同じ年頃の子どもはいないというのだからなおさらだ。

それがどうにも不思議で、こうして出かけるようになってから一度聞いたことがある。

『どうしてそんなに子どもとの接し方が上手なんですか?』

『実は、育児書を片っ端から読んだんだ』

『育児書?』

『そう。とりあえず本屋でよさそうなものを買ってみた。あとは動画を観てみたり。俺の家の本棚を見たら驚くと思うよ。ほとんどが子育て関連の本で埋まってるから』

悠里は恥ずかしそうに続けた。

『とりあえず知識だけはと思って頭に入れておいたけど、少しでも活かせていたのならよかった。ああ、でも遥希の前で演技はしてない。あの子といるのは純粋に楽しいから』

彼は、自宅の本棚が育児書で埋まるほどに遥希のことを真剣に考えている。

遥希を一番に考えている花織にとって、それは自分を大切にされるよりも嬉しく感じた。

『ゆっくりでいい。時間をかけて、新しい関係を築いていこう』

そう、悠里は言ってくれた。

今の自分たちの関係がなんなのか、花織にはわからない。

キスをしたのも、抱きしめられたのもあの日だけ。友達とも恋人とも違う関係にあえて名前をつけるとすれば、恋人になる前のお試し期間だろうか。いずれ答えを出さなければと思いつつも、花織は『ゆっくりでいい』という彼の言葉に甘えていた。

「――花織？」

「あっ……」

「どうした、ぼうっとして。車酔いしたならどこかで休むか？」

「かおちゃん、だいじょうぶ？」

「大丈夫よ。二人の仲がいいなあと思って見てたの」

遥希はきょとんと目を丸くし、そしてにこりと笑う。

「仲いいよ！　だってゆうりのこと大好きだし」

当たり前だと言わんばかりの答えに、一瞬、車内に沈黙が生まれる。

あれ、と思ってミラー越しに運転席の悠里を見ると、彼はため息をつき、しみじみと呟いた。

「癒《いや》される……」

花織は心の中で「同感です」と頷いた。


水族館には十一時頃に到着した。

三人は遥希を真ん中に挟んで手を繋ぐ。もうすっかり定着した並び順だ。

初めに一時間ほどかけて館内を巡《めぐ》り、途中レストランで昼食をとる。

その後は、遥希が今日一番楽しみにしていたイルカショーを観覧した。

週末ということもあり館内はどこもかしこも混雑している。

花織だけなら遥希を見るのに必死で、とても自分が楽しむ余裕はなかっただろう。

今日は悠里がいてくれるおかげで、館内の展示もショーも遥希と一緒に心ゆくまで堪能できた。

（映画の時も思ったけど、一人の時とは心の余裕が全然違う）

今、花織の隣では、悠里が遥希を抱っこして屋外エリアのペンギンを眺めている。

この時間はちょうど、飼育員がペンギンに餌《えさ》をやりながらその生態について説明する、「お食事タイム」というイベントが開かれていた。ペンギンを見ることを楽しみにしていた遥希は、悠里の腕の中で目を輝かせて餌《えさ》をもらうペンギンたちを眺めている。

「見て、かわいい！」

「遥希はどの子が好き？」

「えーっと……あのいちばんはじっこでパタパタしてる子！　ゆうりは？」

「んー……じゃあ、その隣でのんびりしてる子かな。日向《ひなた》ぼっこしてるみたいで可愛い」

そんな会話を交わす二人を見ていると、自然と胸がきゅうと締め付けられる。

自分のそばに笑顔の遥希と悠里がいる。それがとても尊《とうと》いことのように思えたのだ。

悠里の気持ちは、もはや疑いようがない。

もしも花織が一言「好きだ」と、「やり直したい」と伝えれば、関係は一気に進むだろう。今日のような幸せな光景が当たり前の日常になるのかもしれない。

こんなにも花織や遥希を大切にしてくれる人は、後にも先にも悠里だけだ。

花織にはもったいないくらい素敵な人だ。だからこそ不安にならずにはいられない。

——本当に私でもいいのだろうか。

片や営業において海外でも日本でも確かな実績を持ち、外見や性格共に申し分のないエリート社員。片やそれなりの営業成績は収めているものの、それ以外はぱっとしない子持ちのアラサーOL。

誰がどう見ても不釣り合いな二人だ。

(それでも……)

花織はくいっと悠里の服の裾《すそ》を引く。するとすぐに彼が花織の方を向いた。

——好き。

自分は彼に相応《ふさわ》しくないと、釣り合わないとわかっていても、再び自覚した恋心は消えない。

「どうしたの？」

優しい声と温かい眼差しにどうしようもなく、胸が疼《うず》く。

「えっと……なんとなく？」

「なんだそれ、可愛いな」

くすくすと笑った悠里は、左腕で遥希を抱え直し、空《あ》いた右腕を花織の腰にそっと回す。そして自身の方に引き寄せ、唇を花織の耳元に寄せた。

「これくらいなら、いい？」

「っ……！」

距離の近さにドキドキしつつ、こくんと頷く。

二人が身を寄せ合ったことに、ペンギンに夢中な遥希は気づかなかった。

その後も水族館や近隣の市場などではしゃぎ倒した遥希は、帰りの車の中であっという間に熟睡してしまった。子どもが夢の中にいる間だけ、大人二人はゆっくり会話ができる。

「そうだ。来週の週末は用事があって会えないんだ」

高速道路を走る車中、悠里は思い出したように切り出した。

一瞬「なんの用事ですか」という問いが喉元まで出かかったが、寸前で呑み込んだ。こうして毎週末に遊びに行くのが自然になりつつあるけれど、さすがにそれは踏み込みすぎだと思ったのだ。

「久しぶりに両親が上京してくるから、その相手をすることになってね」

まるで花織の心情を読み取ったかのように悠里は続ける。

それに内心驚きつつも、花織は「そうですか」と微笑んだ。

長野県在住の悠里の両親とは、付き合っていた時に一度だけ会ったことがある。

観光のために上京してきた彼らを、悠里と一緒に案内したのだ。

悠里の父親の希望もあって行き先は浅草を中心とした下町観光で、雷門《かみなりもん》周辺を散策したり、夜は屋形船《やかたぶね》に乗ったりしたのが懐《なつ》かしい。

初めこそ「恋人の両親に会う」というシチュエーションに緊張していたけれど、彼の両親はとても素敵な人たちで花織はすぐに打ち解けることができた。

笑顔が素敵で穏やかな性格のお父さんと、おしゃべり好きでハキハキしているお母さん。一見すると両極端の性格に見える二人は傍目《はため》にも相性抜群で、『素敵な夫婦だな』と思ったものだ。

東京観光以降も、何度か悠里にかかってきた電話を途中で代わって話したりしていた。

（結婚が決まった時は、お二人の娘になれると思って喜んだっけ……）

花織が親とは縁遠かったせいだろう。

悠里の両親は、ある意味、花織の理想でもあった。

「お二人は元気にされていますか？」

「帰国してからまだ電話しかしてないけど、声を聞く限りだと元気そうだよ。今は二人で畑仕事に精を出してるんだって」

「畑？　でも、お二人ともまだ働かれてましたよね？」

記憶が確かであれば、父親は大学の教員、母親は生命保険会社の営業職だったはずだ。

「去年、二人とも定年退職した。今はスローライフを満喫中でいろんな野菜を作ってるみたいだ」

「そうなんですね」

「定年後の趣味があるのは息子としては安心してるけど、何かと野菜を送ってこようとしてくるのには困ってる。いらないって言っても『美味しいから！』の一点張りなんだ」

「いただけばいいのに」

何かと物価高の昨今、野菜の値段も年々右肩上がりだ。遥希の将来のためにも支出を抑えたい花織からすればとても羨《うらや》ましい話に思えるけれど、悠里にとっては違うらしい。

「花織みたいに家で料理するならいいけど、独身男の一人暮らしじゃね。腐らせるのがわかっててもらえないよ。それとも花織がもらってくれる？」

「……お気持ちだけいただいておきます」

花織の反応に悠里は、「そう」と苦笑しただけだった。

「そういえば……この間電話をした時、二人とも花織のことを気にしてた」

「私を？」

「今の俺たちの関係については一切話してない。俺を抜きにしても二人は花織のことをすごく気に入っていたから、純粋に君に会いたいんだと思う。別れたと伝えた時も本当に残念がっていたから」

なんと返したらいいのかわからず口をつぐむ花織に、悠里は「責めてるわけじゃないよ」と優しい声で続けた。

「ただ、それくらい二人共君のことを気に入ってたんだ」

「……ありがとうございます。お二人にどうぞよろしくお伝えください」

花織に言えたのは、それだけ。どことなく重い空気が車内に漂《ただよ》う。

「でも、俺としては両親より遥希と花織と一緒にいた方が楽しいんだけどな」

それに気づいたのか、悠里は明るい口調で少しだけわざとらしく肩をすくめる。

その気遣いに心の中で感謝しつつ、花織は「そんなこと言ったらお二人が悲しみますよ」と苦笑した。

「それはないかな。案内役としての俺が必要なだけで、あの人たちにとっては夫婦水入らずの方が楽しいのは間違いない」

「お二人は、すごく仲がいいですもんね」

「仲が良すぎても困るものだよ。思春期の時は、いちゃつく両親を見るのが嫌で少しだけ荒れたし」

「悠里さんも反抗期があったんですか？」

「それはまあ、人並みに」

いつも笑顔で物腰の柔らかい悠里の反抗期。だめだ、まるで想像がつかない。

「……『うるせえクソババア』って言ったり？」

よく聞く反抗期の台詞《せりふ》の代表例をあげると、悠里は「さすがにそれはないかな」と苦笑する。

「というか、そんなことを言ったら間違いなく親父に殴られる。あの人、お袋至上主義だから」

これには少しだけホッとする。知り合う以前とはいえ、そんな乱暴口調の悠里は少し怖い。

「でも……遥希もいつかは反抗期が来ますよね。どうしよう。中学生くらいの遥希に『クソババア』なんて言われたら……」

想像しただけで悲しくなって、声が小さくなってしまう。すると、悠里がブハッと噴き出した。

「まだ五歳なのに、今からそんなことを気にしなくてもいいんじゃないか？　それに多分、遥希はそんなこと言わないよ。というか、言ったら俺が怒ってしまうかも」

「え……？」

まさかそんな言葉が返ってくるとは思わず、ぽかんとする。

すると悠里もハッとしたのか、笑いを引っ込めた。

「ごめん、今のは忘れて。いや、怒るかもっていうのは本当だけど……気が早すぎた」

「は、はい」

どことなく気まずい雰囲気に包まれて、無言になる。しかしけっして嫌な雰囲気ではない。どこか甘酸っぱい雰囲気はその後、遥希が目覚めるまで続いたのだった。

◇

――プライベートが順調だと仕事の効率も上がる。

最近の花織はそれをひしひしと感じている。

この三年間、花織は「自分の時間」というのがほとんどないに等しかった。

平日は仕事をがむしゃらに頑張り、週末は遥希との時間を目一杯過ごす。

もちろんそれはそれで楽しくて充実していたけれど、心身共に落ち着く時間が取れないのはなかなか辛い。だからこそ、たまに沙也加が遥希の相手をしてくれるのがありがたくて仕方なかった。

それがこの一ヶ月ほどはほぼ毎週末、悠里が一緒にいてくれる。

遥希も彼のことが大好きなので、三人でいると『おまけは自分なのでは？』と花織が思うほどに二人はべったりだ。

おかげで最近はとてもすっきりした気持ちで、一週間を始めることができていた。

それは表情にも表れていたようで、悠里との関係を知らない他の社員から『最近調子がよさそうだね』と声をかけられることもあった。

しかし、そんな花織とは対照的な人物がいた。沙也加だ。

久しぶりに週末を遥希と二人で過ごした翌週、外回りから戻った花織はすぐに異変に気づいた。

対面の沙也加の席が空《あ》いているのだ。

社員の予定一覧が書かれているホワイトボードを確認すると、朝は「午後出勤」と記されていた沙也加の欄は「休暇」に書き換えられている。

(午後は取引先と約束が入ってるって言ってたけど)

体調でも悪いのだろうか。

(そういえば最近、顔色が悪かったような……)

昨日もなんとなく元気がなさそうだった。

『大丈夫?』と声をかけたら、沙也加は『減量中なの。体を動かすのが楽しくって』と笑っていたが、やはり改めて思い返すとどこか様子がおかしかったような気がする。

電話してみようと花織が席を立ったところで、「東雲さん」と部長から名前を呼ばれた。

部長の席まで行くと、早速話題を切り出される。

そこで知らされたのは、先ほど沙也加から胃腸炎で午後休の連絡が入ったこと、そして沙也加の代わりに取引先に行ってほしいとのことだった。

午後、沙也加が行く予定だった取引先は文具も取り扱うチェーンの書店で、今度、季和文具のフェアを開催してもらえることになり、今日はその顔合わせの会議が入っていたのだという。

「最初の会議にこちら側が欠席というのは避けたい。確か、あそこの前の担当は東雲さんだったよね。野村さんの代わりに会議に出席して、明日野村さんにフィードバックしてくれないか？」

「わかりました」

幸い、午後はデスクワークを予定していたから問題ない。

「データはクラウドに上がっているから、それを確認しておいて」

「はい」

席に戻った花織は私用スマホで沙也加にメッセージを送る。

『午後の案件は私が引き継いだから安心してね。お大事に』

送るとすぐに「既読」がつき、『ありがとう』と返ってくる。しかし、白文だ。

これには少し違和感を覚えた。普段の彼女なら必ず絵文字とスタンプを使ってくる。

長い付き合いになるが、メッセージにそのどちらもないのは初めてだ。

(仕事が終わったら電話してみよう)

まずは目の前の仕事に集中しなければ。花織は急ぎデータを確認する。

(さすが沙也加、どの資料もわかりやすいわ)

以前は自分の顧客だったこともあり、取引先の担当者は顔見知りだ。

会議の内容的に、花織でも対応ができそうなことにホッとする。

本当はこの後、社食で遅めのランチをとる予定だったがこればかりは仕方ない。むしろ午後に外出予定が入っていなくてよかった。

その後向かった取引先では久しぶりの再会を喜びつつ、和《なご》やかな雰囲気で会議を終えることができた。そうして再び会社に戻ってきて、午後三時過ぎ。

デスクワークに向かう前に一休みしようと、花織は社員専用のラウンジへ向かう。

自販機で購入したコーヒーで一服した後、化粧室へ。ここで事件は起きた。

花織が個室から出ようとした時、誰かが化粧室へ入ってきた。

「あーあ。大室君がいないと全然テンション上がらない」

声を聞いた瞬間すぐにわかった。

(徳原さん)

女帝こと徳原梨々子だ。苦手とする社員の登場に、出ていくきっかけを失ってしまう。

「わかる。あの人がいるといないとじゃ部の雰囲気が全然違うわよね。出張から戻るのは夕方だっけ？　タイミングが合えば帰る前に会えるんじゃない」

もう一人は誰かわからないが、話の内容からして徳原と同じ商品企画部の社員だろう。

「でも、ついに大室さんも結婚かあ。梨々子、大丈夫？　諦められるの？」

ドクッと心臓が跳ねた。

——結婚？

「仕方ないじゃない。両親同伴のお見合いを受けたってことは、大室君もそのつもりってことでしょ？　しかも相手が専務の娘じゃ太刀打《たちう》ちできないわよ」

お見合い？　専務の娘？

(……どういうこと?)

二人はいったい、誰について話しているのか。頭の中が真っ白になっている花織の存在など知らず、彼女たちの会話は続く。

「それに、専務の娘ならさすがに諦めもつくわ。あの子持ち様とくっつくよりは全然マシ」

「子持ち様って……営業部の東雲さんのこと?」

「他に誰がいるのよ」

「またそんなこと言って……。でも、そういえばあの二人、昔付き合ってるって噂なかった?」

「大室君が教育係だから面倒を見てあげていただけよ。それなのに勘違いして色目を使ってたのよ、あの子。ほんっと腹が立つ。帰国してからも何かとベタベタして身の程を弁《わきま》えろっつーの」

「こっわ……」

「地味なアラサー子持ちOLと大室君よ? どう考えても釣り合ってないじゃない」

次々と吐き出される悪口。正直それ自体にはさほど傷つきはしなかった。残念に思うし面白くはないけれど、徳原に嫌われているのは以前からわかっていたことだ。

それにもかかわらず全身の血の気が引く思いがしているのは、最も痛い部分を突かれたから。

『身の程を弁《わきま》えろ』

『釣り合ってない』

それは今の花織が内心最も気にしていることであり、悠里との関係に最後の一歩が踏み出せない理由でもあった。それを第三者に指摘され、足元が揺らぎそうになるほど動揺している。

寝耳に水の悠里の見合い話。それに続いて吐き出された徳原の毒の威力は凄《すさ》まじかった。

「そんなに悪い子には見えなかったけど……。ていうか梨々子、東雲さんよりも野村さんの方を嫌ってなかった？」

体調不良で休んだ友人の話題に花織はハッとする。

少し前、沙也加は徳原についての愚痴をこぼしていた。しかし、彼女が徳原に触れたのはあの時だけで、それから特に話題にも出なかったから気にしていなかった。でも、もしも彼女の体調不良と徳原に関係があったら――

花織の予感は、当たった。

「ああ、野村さんね。入社した時から何かと反抗的だし、生意気だし、もう論外よ。この前、あまりにも私に失礼な態度を取るものだから言ってやったの」

「なんて？」

「『顔だけで仕事ができていいわね』『ご自慢の体を使って仕事を取ってるのかしら？』『色目を使うのは得意だものね』」

「うわぁ……えげつな……」

「ああいう生意気なのは、少しくらいキツく言わないとわからないのよ」

「それにしたって言いすぎでしょ……野村さん、大丈夫だったの？」

「真っ青な顔をして黙り込んでたわ。いい薬になったんじゃない？」

「梨々子だけは敵に回したくないわ。っと、そろそろ戻らないと。長居しすぎたわ。梨々子は？」

「リップを塗ったら戻るわ。ああもう、やっぱり違う色にすればよかった。仕事の後デートなのに」

「今日は誰と？」

「マッチングアプリで会った人。同い年の商社勤め」

「あいかわらずね。それじゃあ私は、先に行くわ」

「はーい。またね」

花織は動けなかった。自分の時とは比べものにならないほどの暴言に思考が停止する。

（何を言ってるの……？）

友人として、同僚として、花織は沙也加の人間性をよく知っている。

華やかな外見から遊んでいるように思われがちだが、本当はとてもストイックな性格をしていること。完璧なスタイルは日々の努力のたまものであること。仕事熱心なこと。自分の休みを潰してまで遥希の相手をしてくれて、それを息抜きだと言ってくれる心優しい性格をしていること。

沙也加ほど心が綺麗で素敵な女性を花織は知らない。

（その沙也加が体を使って仕事を取った？）

よくも、そんな馬鹿げたことを……！

花織は衝動のままに個室のドアを開ける。

「きゃっ……東雲さん!?」

リップを塗っていた徳原がぎょっとしたように振り返る。だが驚いたのは一瞬で、その顔はすぐに険しいものへと変わった。

散々悪《あ》し様《ざま》に言っていた相手を前にしてこの態度。気まずさを見せるどころか小さく舌打ちまでする姿に、花織は改めてこの人とは相容れないことを知る。

「盗み聞きなんて趣味が悪いのね」

「他に人がいるかもしれないのに、堂々とあんな話をする方がどうかと思いますよ」

「開き直るの？」

どっちが。

言い返したくなる気持ちをグッと堪《こら》える。

本当は今すぐその横《よこ》っ面《つら》を引っ叩いてやりたいほど憤《いきどお》っていたけれど、会社で暴力沙汰を起こさないだけの理性は残っていた。それにここで感情的になっては相手の思うつぼだ。

だから、花織は別の切り口で攻めることにした。

おそらく、徳原にとっては最も効果的であろう方法で。

「今聞いたことは全て上に報告させていただきます。当然、そちらの上司にも話がいくでしょうね。大室さんの耳にも入るかも」

初めて徳原の表情が変わる。

「大室君は関係ないでしょ!?」

即座に噛み付くように反論してくる。

（やっぱり）

徳原が一番恐れているのは、自分の言動が悠里の耳に入ることだ。

それはそうだろう。彼女は悠里の前では徹底的に猫を被り続けてきた。化けの皮が剥《は》がれるようなことは絶対に避けたいはずだ。

でもそんなの花織には関係ない。自分が悪口を言われるのは我慢できる。腹は立つが、「子持ち様」なのは事実だから。でも沙也加への暴言は見逃せない。

「……そんなこと言うだけ無駄よ。あんなのはただの雑談なんだから」

「それならなおさら話しても問題ありませんね」

「っ……だから、余計なことは言わないでって言ってるの！」

徳原も自分が無茶苦茶なことを言っている自覚はあるのだろう。

それでも引っ込みがつかないのはきっと、相手が花織だからだ。今まで自分より「下」だと思っていた女に牙を剥《む》かれたことに動揺しているのだと思う。

(せめて一言、沙也加に対しての謝罪の言葉があればまだ考えたのに)

これ以上ここに留まるだけ時間の無駄だ。

「仕事があるので、失礼します」

手を洗い出ていこうとする花織の肩を徳原がぐいっと掴む。

「待ちなさいよ！　自分が大室君に相手にされないからって、私を陥《おとしい》れるつもり!?」

「相手にされないって、ご自分のことですか？」

「は……？　何、言って……」

「大室さんがだめなら沙也加の取引先のイケメン社員、それもだめならマッチングアプリ。お忙しいですね？」

「このっ……！」

徳原は手に持っていたポーチを花織の顔面目掛けて投げつけた。至近距離のそれを避けることができず、正面から当たってしまう。その時、頬にちくっとした痛みが走った。指先で触れるとかすかに血がついている。ポーチの尖ったチャームで切れたらしい。

「モラハラの次はパワハラですか」

「あ……」

「失礼します」

真っ青な顔をした徳原を残して化粧室を後にする。

そうして営業部に戻った花織を上司はぎょっとした顔で二度見した。出かける前はなんでもなかった部下が、頬に傷を負って戻ってきたら誰だって驚く。

「部長。お忙しいところ申し訳ありませんが、お時間をいただけますか？」

「あ、ああ」

ミーティングルームに移動した花織は、先ほどの徳原との一件を冷静に事実のみ報告する。その上で、商品企画部の上司にも話を通してほしいと頼んだ。

化粧室という密室で起きた出来事である以上、今後の徳原の出方によっては「言った・言わない」の水掛け論になりかねない。しかし彼女には「子持ち様事件」の前例がある。

加えて沙也加への悪言もある。全くお咎《とが》めなしというわけにはいかないだろう。

事態を重く捉《とら》えた部長は、「今日は帰っても構わない」と言ってくれたけれど、断った。

沙也加の代わりに会議に出たこともあり、自分の仕事がまだ残っている。残業をするつもりはないが、予定分はしっかり終わらせてから帰りたい。

何よりも、徳原が原因で早退なんてしたくなかった。

その後、終業時刻ぴったりに仕事を終わらせた花織は、まっすぐ保育園に向かう。

しかしひとたび職場から離れると、仕事中は考えないようにしていたことが嫌でも頭に浮かんできた。電車に揺られながら、花織は徳原が話していた悠里の見合いについて考える。

両親同伴のお見合い、と徳原は言っていた。実際、先週末は悠里の両親が上京している。だから会えないと彼が話していたのだから、それは間違いない。

(ご両親が来ていたのは、見合いのためだった……？)

悠里が専務の娘と見合いする様子を想像して真っ先に湧き上がったのは「嫌だ」という感情だった。でもそんなことを思う資格が、自分にあるのだろうか？

『地味なアラサー子持ちOLと大室君よ？　どう考えても釣り合ってないじゃない』

悠里のことは好きだ。むしろ再会してからの方がずっと彼に心惹かれている。

なのに、自分の自信のなさや彼に対する引け目が邪魔をする。そのせいで、いまだに彼を都合のいい存在にしてしまっている。それでも——

(これからも三人で一緒にいたい)

その気持ちだけは、確かだった。

悠里に想いを馳せながら遥希と一緒に帰宅すると、手洗いと着替えを済ませた遥希が、「ねえ、かおちゃん」とニコニコしながら話しかけてきた。

夕飯の準備をしていた花織はいったん手を止め、遥希と向かい合う。

「どうしたの?」

「いいもの見せてあげる。はいっ!」

「うちわ?」

差し出されたのは、無地のうちわ。いったいなんだろうと思って裏返した花織は息を呑む。

「遥希、これって……」

「父の日のプレゼント! ゆうりにあげるんだ!」

白地のうちわの中心には笑顔の男の人の絵が描かれていた。その両隣には、同じく笑顔の女の子と男の子がいる。

「この二人は……?」

「かおちゃんとぼく!」

驚きと、動揺と、それを上回る喜びとで咄嗟《とっさ》に声が出てこない。

一ヶ月前、遥希は『ママだってニセモノでしょ?』と言われて荒れた。それから今日まで、花織は遥希の保育園での様子を気にかけてきた。父の日の制作があるからだ。

また遥希が傷つくことがあったら……と心配していたのだが、意外にも担任は『楽しそうに作っていますよ』と話していた。

何を作っているかは、渡すまでの秘密なのだとも。

だからてっきり去年のように花織の似顔絵を描いたのだと思っていたのに――

父の日の制作で悠里を描いた。その隣に自分と遥希がいる。

――この子にとっては、すでに三人でいるのが当たり前なのかもしれない。

その事実にどうしようもなく心が揺さぶられた。

まだこんなに小さいのに、五歳なのに、遥希は今の関係をそのまま素直に受け入れている。

「遥希は……悠里さんが好き？」

「大好き！」

「もしも悠里さんがパパになったら、嬉しい？」

「ゆうりが、パパに？」

きょとん、と目を瞬《またた》かせる。次いで返ってきたのは、弾けるような笑顔だった。

「さいこう！」

その言葉を聞いた瞬間、今日までずっと胸の中に広がっていた靄《もや》が、さあ……と晴れていくのを感じた。同時に自覚する。

『悠里さんに自分は相応《ふさわ》しくない』

花織は今日までずっと、そう考えていた。でも本当は、遥希を言い訳に自分の逃げ道を確保していただけなのかもしれない。

そんなことに今、気づいた。

「ゆうり、よろこんでくれるかなあ」

「……きっと喜んでくれると思うよ」

髪をそっと撫でる。遥希は「くすぐったいよ」と笑いながら撫でさせてくれた。可愛くて、大好きで、愛おしい子どもを見つめながら、花織は心を決める。

（悠里さんと話をしよう）

見合いのことも、自分たちのこれからのことも。

自分の口で話して、聞いて、その上で伝えるのだ。

私と遥希の家族になってくれますか、と。


スマホに悠里からメッセージが届いたのは、食事と入浴を終えて食器洗いをしている時だった。

時刻は午後八時過ぎ。今日は出張だと話していたから、今はまだ会社にいるのかもしれない。

徳原の件はすでに耳に入っているだろうか。そんなことを思いながらメッセージを確認すると、今から電話していいかという内容だった。キッチンカウンターからリビングに目を向ければ、遥希はお絵描きに熱中している。

遥希が一人遊びに集中しているうちに、と電話をかけると、三コールも待たずに繋がった。

『花織？』

「こんばんは。今は会社ですか？」

『ああ、ラウンジにいる。今、遥希は？』

「夕飯を食べ終えてお絵描きをしてます」

『そうか。忙しい時間帯にごめん。どうしても今日中に話しておきたくて。——徳原の件について営業部長から話を聞いた。その後、徳原とも話して本人も概《おおむ》ね事実だと認めたよ』

てっきり徳原は意地でも「やっていない」と言い張ると思っていただけに、これには純粋に驚いた。悠里曰《いわ》く、後日沙也加からも事情を聞き、その上で徳原に対してはなんらかのペナルティが科されるだろうとのことだった。今後の査定評価にも大きく響くだろう、とも。

『……俺と付き合っていた頃も徳原から嫌がらせを受けていたのか？』

「嫌味を言われることはありましたけど、嫌がらせというほどでは。むしろ、別れてからの方が当たりは強かったかもしれません」

『……子持ち様事件？』

「部長から聞きましたか？」

『ああ。今日初めて知った。本当にすまない』

「そんな……悠里さんが謝ることじゃないです」

『いや、謝らせてくれ。……花織が大変な時にそばにいられなくて、ごめん』

本当にそんな必要はないのに。あの時、別れを選んだのは花織だ。それに今、悠里はそばにいてくれる。一方的に彼を拒絶した花織を受け入れ、求めてくれた。

好きだな、と改めて思った。

出張帰りで疲れているだろうに、こうして電話をくれて、気遣ってくれる優しいところが。

「悠里さん」

『ん？』

「……専務の娘さんとお見合いをしたというのは、本当ですか？」

徳原が話していたのを聞いた、と告げると、電話越しに息を呑む気配が伝わってくる。数秒の沈黙ののちに返ってきたのは『していない』という言葉。

『少し前に見合いの話があったのは事実だけど、すぐに断った。見合いなんて……花織と遥希がいるのに受けるわけない』

明確な否定の言葉に自然と安堵の息が漏れる。心の緊張が解けた花織は、気づけば悠里の名前を呼んでいた。

「悠里さん」

『ん？』

「わがままを言ってもいいですか？」

『わがまま？　君が？』

「はい。――あなたに、会いたいです」

それに対して返ってきたのは。

『今すぐ行く』

迷いのない答えだった。


あの後、悠里からはタクシーに乗ったことだけを伝えるメッセージが届いた。

それからちょうど三十分後、インターホンが鳴る。

その音に真っ先に反応したのは、遥希だった。

いつもならもう寝ている時間だが、花織が『これから悠里さんが来るよ』と伝えると、『ぜったいにおきている！』『プレゼントをわたす！』と言って聞かなかったのだ。

それに花織は「今日は特別だよ」と話し、こうして二人で待っていた。

「はい」

『俺だ』

「今、開けます」

インターホンで確認した花織は、遥希と共に玄関に向かう。そしてドアの先にいた悠里は、なぜか息が上がっていた。もしかして三階の部屋まで階段を駆け上がってきたのだろうか。

「こんばんは、ゆうり！」

「あ、ああ」

「どうぞ、上がってください」

部屋に上がった悠里だが、その表情はひどく強張《こわば》っていた。再会してから初めて見る表情に内心驚く花織の前で、遥希に導かれた悠里はリビングのソファにおずおずと座る。

「花織、遥希――」

「ゆうり、これあげる！」

何かを言いかけた悠里を遮《さえぎ》った遥希は、父の日のプレゼントを「はい！」と差し出した。

悠里が来るのを待つ間中、早く渡したくてうずうずしていたのだろう。

しかしそれを知らない悠里は、目の前に差し出されたうちわに目を瞬《またた》かせる。戸惑いながらもそれを受け取った彼は、そこに描かれたイラストを見て息を呑む。

「遥希、これって……」

「父の日のプレゼント！　保育園でぼくがかいたの。まん中がゆうりで、あとはかおちゃんとぼく」

「父の日……？」

こくん、と遥希は頷く。

「俺を、描いてくれたの？」

「そうだよ」

「……これ、もらっていいのか？」

「いいってば。だって、ゆうりにあげたくてまってたんだもん」

遥希がそう答えた瞬間。悠里は無言で小さな体をぎゅっと抱きしめた。すると遥希は不思議そうに目を丸くする。

「ゆうり？　うれしい？」

「……嬉しすぎて、泣きそうだ」

泣きそう、の言葉に反応したのだろう。

遥希は「もうしょうがないなあ」と言いながら、ぽんぽん、と悠里の頭を撫でてやる。

そんな二人の姿に花織もまた泣きそうになっていた。

遥希がどんなに悠里を好きか——同様に悠里が遥希をどれほど大切に想ってくれているかが伝わってきたから。

悠里はもう一度ぎゅっと遥希を抱きしめ、ゆっくりと体を離した。

彼は、遥希の頭を撫でながら視線を花織へと向ける。

揺れるその瞳に吸い込まれるように花織は二人の座るソファへ向かい、遥希に向かって「おいで」と両手を広げた。遥希を膝に乗せた花織は、そっと悠里の隣に座る。

「悠里さん」

言うなら、今しかない。

「私と遥希の家族になってくれますか？」

それに対して返ってきたのは、痛いほどの抱擁《ほうよう》だった。

悠里は二人一緒に腕の中に閉じ込め、花織の肩口に顔を埋《うず》める。

「——ありがとう」

その声が震えていたからだろう。

思わずもらい泣きをした花織もまた、温もりに顔を寄せた。

抱擁《ほうよう》は「くるしいよ！」という遥希の抗議の声ですぐに解かれたけれど、自由になった遥希は笑っていた。

それに呼応するように、花織と悠里も、顔を見合わせて笑みをこぼしたのだった。

◇——＊◆＊——◇

自分を中心に描かれた三人の絵を見た瞬間、いまだかつて経験したことのない感情が心の内側から湧き上がるのを感じた。

これまでも遥希のことはとても可愛いと思っていた。

赤ん坊の時も、成長してすっかりおしゃべりになった年中の彼も、どちらも最高に可愛いのは間違いない。しかし、自分をキラキラした目で見つめて『父の日のプレゼント！』と、顔いっぱいに笑みを浮かべる姿は今までの比ではなかった。

——愛おしい。

心から、そう思った。

花織に対する感情とは違う不思議な感覚。

この小さくて元気な生き物を守りたいと、本能で思ったのかもしれない。

花織と遥希は血が繋がっているが、悠里とは血縁上他人でしかない。

だからこそ、「父の日」で遥希が思い浮かべてくれたのが自分であることが、心の底から嬉しかった。

その上、花織に『家族になってくれますか？』と言ってもらえた。

離れていた三年間、そして再会してからずっと欲していたものがようやく手に入ったのだ。

それを実感した瞬間、瞳が濡れていた。

いい年をした大人の、しかも大の男が泣くなんて恥ずかしい。

そうは思っても溢《あふ》れる感情を抑えることはできなかった。

（今度こそ遥希の父親になる）

花織と別れたくないがための衝動的な気持ちではない。

この愛おしい子どもの親になりたいと、強く思った。


「遥希、寝ました」

ソファに座って待っていると、寝かしつけを終えた花織が戻ってくる。

父の日のプレゼントを自分に渡したことで満足したのか、あの後、遥希は特にぐずることなく『ゆうり、おやすみ～』とご機嫌な様子で花織と寝室に行った。

それから彼女が戻ってくるまで十五分と経っていない。

「何か飲みますか？」

「花織」

キッチンに向かおうとする彼女を手招きする。

花織はきょとんと目を瞬《またた》かせながら素直に隣に座ろうとする。しかし、悠里は彼女の手を軽く引いて自身の膝の上に座らせた。

そのまま細い腰に手を回しぐっと自らの方に引き寄せると、花織の頬に朱が走る。

熟《う》れた果実のような唇に噛み付きたくなる衝動をぐっと堪《こら》え、悠里はまっすぐ彼女の目を見つめた。

「好きだよ」

——ああ、やっと言えた。

その喜びが今一度胸を占める。

再会した花織が「母親としての自分」と「女性としての自分」の間で揺れているのには気づいていた。そんな彼女にとって、自分の言う「好き」や「愛してる」の言葉が負担にならないように、悠里はその言葉を口にしないように気をつけてきた。

その分、行動で彼女への好意を示してきたつもりだが、本当はずっと、ずっと言いたかった。

過去に恋人として過ごした甘やかな経験と記憶があるからこそ、大好きな女性に直接言葉で好意を伝えられないのは本当にもどかしかった。

でも、もう我慢する必要はない。

そう思った瞬間、自分の中でストッパーが外れたのがわかった。

「花織」

「は、はい」

「好きだ」

何度言っても、言い足りない。

「愛してる」

花織を横抱きにして、耳元で愛の言葉を告げる。

腕の中で息を呑み、体を震わせる姿までもが愛おしくてたまらなかった。

「花織」

しつこいくらいに名前を呼ぶのは、再び彼女が自分のものになったのだと実感したかったからかもしれない。

「顔、見せて」

胸の中で俯《うつむ》いていた花織がおずおずと顔を上げる。その潤《うる》んだ瞳にどうしようもなく自分の中の欲が刺激される。何かを堪《こら》えるように引き結ばれた瑞々《みずみず》しい唇を前に、もう我慢はできなかった。

「んっ……！」

花織の唇に自らの唇を重ねる。先日した、触れるだけのキスとはまるで違う本気のキス。

舌先で花織の唇をこじ開けて、逃げようとする彼女の舌を絡め取る。そのまま舌裏をぺろりと舐《な》めれば華奢《きゃしゃ》な体は可哀想なくらいにビクッと震えた。

そんな些細《ささい》な変化にすらも煽《あお》られる。

(ああ、もう)

本当に可愛い。食べてしまいたいと思うほどに。

「悠里、さ……ん、ふぁ……」

花織の体が強張《こわば》ったのは初めだけだった。キスを深めるうちに力は抜けていき、やがて彼女はためらいながらも悠里の背中に手を回してきた。

離れていた時間を取り戻すように、二人は夢中でキスをする。

花織が苦しそうな声を上げても悠里は止めることができなかった。

「あっ……！」

舌を絡めたまま、花織の体をソファに仰向けに押し倒す。

「悠里さん……」

「……花織」

とろんと潤《うる》んだ瞳、紅潮した頬、激しいキスによってぽってりと色づく唇。艶《つや》やかな黒髪。

今、自分が組み敷いているのは母親としての花織ではない。「女」の顔をしたその姿にどうしようもなく興奮する。

本当はこのまま体を重ねたい。

熱く柔らかい場所に深く自身を埋め込んで、声が出なくなるほど喘《あえ》がせたい。

自分の中の雄《おす》は強くそうなることを望んでいる。

もしもこのまま行為を進めても、おそらく花織は拒《こば》まないだろう。悠里が狂おしいほどに花織を求めているのと同じように、きっと彼女も自分を望んでくれている。

自惚《うぬぼ》れではなく、それがわかる。

（でも……）

このまま行為に及びそうになるのをなんとか堪《こら》え、悠里は花織の額に触れるだけのキスをした。

「悠里、さん……？」

目を見張る彼女の唇にもキスを落として、悠里はそっとその体を抱き上げる。そして先ほどとは違って軽い抱擁《ほうよう》をすると、姿勢を正した。

「本当は最後までしたいけど、遥希がいつ起きるかわからないからね」

中断した理由を伝えれば、花織は少しだけホッとしたような顔をする。その顔に、ここでやめておいてよかったと悠里は内心安堵して、あることに気づいた。

花織が何やら言いたそうに視線を彷徨《さまよ》わせている。

「花織？」

「あ……」

（もしかして――）

頭に浮かんだ考えにさあ……と血の気が引いていくのを感じた。

いくら嬉しかったからとはいえ、さすがにがっつきすぎただろうか。

「ごめん。嫌だった？」

言葉が足りずにすれ違った結果どうなるかは嫌というほど身に染みている。

意を決して質問するが、すぐに否定される。

内心で胸を撫で下ろす悠里に、花織は顔を赤らめたまま口を開いた。

「……少し、安心して」

「安心？」

「悠里さんが私を、女として見てくれるんだって」

――彼女は何を言っているのだろう？

いや、言わんとしていることは理解できる。

性対象として見られていることに安心した、と花織は言いたいのだろう。

わかった上で「なぜ」と思った。以前に一度だけキスした時も、『本当は今すぐその先をしたい』と言葉で伝えていたからだ。

唖然とする悠里に、花織は「キスも一度しただけだったから」とためらいがちに言う。これに悠里はたまらず天井《てんじょう》を仰いだ。深くため息をつき、改めて花織と向き合う。

「花織、聞いて」

「は、はい」

「あの後キスをしなかったのは、したら止まれなくなりそうだったからだ。あと、そういう風に見るも何も、俺は花織以外の女性には興味ない。出会ってから今日までずっとだ」

「……ロンドンにいる間も？」

ああ、とはっきり頷く。

今はもう花織以外には勃たないのだ、とはさすがにあけすけすぎるから言わないが、別れてから付き合った女性は一人もいないことはしっかりと伝えた。

すると花織は目に見えて安心した顔をする。

そんな姿もたまらなく可愛いと思いながら、悠里は今一度花織を抱きしめ、耳元に唇を寄せた。

「俺には君だけだ。信じて」

「……はい」

二人は再び抱きしめ合い、もう一度キスをした。

8

――悠里さんと家族になる。

そう決めて初めて、自分が想像していた以上に遥希が「父親」という存在を欲していたことを知った。

それに気づいたのは、想いを通じ合わせてから初めて迎えた週末だった。

『おとうさん！』

遥希は、自宅マンションに迎えに来た悠里に会うなり彼のことをそう呼んだのだ。

『ねえ、おとうさん。今日はどこにつれていってくれるの？』

と。

その瞬間の悠里の顔が忘れられない。

喜びと興奮と驚き、色々な感情が入り混じったような表情の彼は、無言で遥希を抱きしめた。それに遥希は『くすぐったいよ！』とけらけら笑いながらもどこか恥ずかしそうで、そんな二人の様子が花織の目にはとても尊《とうと》いものに見えた。

一方で「家族になる」のにも色々な方法がある。

事実婚にするのか、入籍するのか、その場合に遥希をどうするのか——

花織は悠里と何度も相談を重ねた。

そうして導き出した一つの答え。

それは、まず花織が遥希を養子に迎える。その後に悠里と入籍して大室姓になり、悠里と遥希の間で養子縁組をする……というものだった。

今は年内の入籍を視野に、花織と遥希の養子縁組の手続きを進めているところだ。

このことを誰よりも喜んでくれたのは沙也加だった。

花織は昼休みに彼女をランチに誘い、そこでことのあらましを報告すると、彼女は飛び上がらんばかりに喜んでくれた。しばらく体調不良で休んでいた沙也加だが、徳原の暴言を気に病《や》んでのことではなかったらしい。

『女帝のせいで休んだ？　ないない！　あんなの相手にしてないもの。恥ずかしいんだけど、生牡蠣《なまがき》にあたっちゃったのよ。もう本当に辛くて死ぬかと思ったわ。おかげで一気に痩《や》せたけど。花織も牡蠣《かき》には気をつけた方がいいわよ』

徳原のことなど歯牙《しが》にもかけていない沙也加の様子は清々《すがすが》しくて、花織は改めて綺麗で強い友人に惚れ直した。

一方の徳原はと言えば、今回のことで上司から注意を受けたらしい。

加えて長年想いを寄せていた悠里からも厳しい目を向けられたのがかなり堪《こた》えたようで、社内で顔を合わせても、向こうが避けてくるようになった。

二人の関係については特に公表はしていない。

ただ、昔のように隠すことはもうやめた。

いつしか二人が交際していることは自然と社内でも知られるようになり、時には悠里に想いを寄せる女性社員から厳しい眼差しや言葉を向けられることもあったが、花織は気にしなかった。

徳原との一件を経験した後では、それくらいなんてことないように思えたのだ。

◇

一ヶ月後。

例年になく長かった梅雨《つゆ》が明け、本格的な夏に突入した七月下旬。

花織と遥希、そして悠里の三人は、少し早い夏休みで静岡県に旅行に来ていた。

『夏季休暇を合わせて旅行に行かないか？』

きっかけは悠里のその一言だった。

彼が行き先として静岡県を提案したのは、ひとえに遥希を喜ばせるためだ。

静岡県島田市。県内中部の大井川沿いから川根温泉までを繋ぐ大井川本線では、六月から十二月にかけて、期間限定でイギリス発の某鉄道アニメキャラクターの蒸気機関車が走っている。

遥希が鉄道好きになるきっかけになったアニメだ。

五歳になった今は、そのアニメを観る機会は減ったものの、蒸気機関車に興味を持つきっかけとなったキャラクターの、いわば実写版に乗車できるとあって、旅行が決まってからというもの遥希は終始ご機嫌だった。

旅行初日の昨日は、午前中に都内を出て、休憩を挟みつつ片道約三時間のドライブを楽しんだ。

途中立ち寄った動物園で遥希が最も気に入ったのは、意外にもレッサーパンダ。

ホッキョクグマやライオンなどではなくなぜレッサーパンダなのか、不思議に思って質問したところ、元気いっぱいに『かおちゃんに似てるから！』と返ってきた時には可愛さと嬉しさで悶絶《もんぜつ》してしまった。

その後、立ち寄った売店で一番大きなレッサーパンダのぬいぐるみを買ってあげたのは言うまでもない。

そして、旅行二日目の今日。

今回の旅行最大の目的である機関車に乗るべく、悠里の運転する車で始発駅の新金谷《しんかなや》駅に向かった。その車中、後部座席のチャイルドシートに座った遥希は、昨日買ったぬいぐるみを抱きしめて、今日乗る鉄道アニメのテーマソングを歌っている。

「おとうさん、まだー？」

「えーっと……あと十分くらいかな」

「はやくつかないかな〜」

それから数分も経たないうちに、再び「あとどれくらい？」と同じ質問が聞こえてくる。

「もう少しだよ」

「はーい」

そんな二人の会話を、遥希の隣に座る花織は微笑ましく見守った。

——おとうさん。

それはもちろん悠里のことだ。

初めは呼ばれるたびに感動していた様子の悠里だが、一ヶ月経った今ではすっかり慣れたのか、とても自然に受け入れている。子ども特有の何度も繰り返される「まだ？」「あと何分？」の質問に、悠里が苛立つことは一切なく、毎回律儀に返事をしている。

その本当の親子のようなやりとりに、自然と花織の頬も綻《ほころ》んだ。

「かおちゃん、お茶ちょうだい」

「はいはい」

持参していた水筒を渡してやると、遥希は「ありがと！」と言ってぐびぐびと飲み始める。するとその様子をバックミラーで見ていた悠里がふと口を開いた。

「……花織は『かおちゃん』のままなんだよな」

その呟きに花織は「いいんです」と苦笑する。

多分、自分だけが「おとうさん」と呼ばれるのを申し訳なく感じているのだろうが、花織自身はあまり気にしていない。遥希の「ママ」は夏帆だけだ。

花織は遥希を我が子のように思っているのだから、それで十分だ。

新金谷駅に到着すると、広い駐車場にはすでにたくさんの車や観光バスが停まっていた。

「出発時間まであと三十分あるし、売店を見てみようか」

「そうですね。調べたら、ここでしか買えないグッズもたくさんあるみたいですよ」

「へえ。遥希が喜びそうなものもあるかな」

——また、遥希。

悠里は息をするように遥希を一番に持ってくる。

今日泊まる予定の宿も、「部屋から電車が見える」という理由でかなり値《ね》の張るコテージの予約を取ったくらいだ。それを当たり前のようにしてくれるのだから、花織からすると感謝しかない。

花織の視線の先には、大好きな鉄道グッズに興奮して飛び出そうとする遥希を笑顔で窘《たしな》める悠里がいる。そんな彼も子どもの頃は鉄道好きだったということもあり、遥希に向かって「これかっこよくないか？」「あっ、このTシャツも遥希に似合いそうだな」と楽しそうに話しかけている。

その様子は微笑ましいのだが、遥希が欲しがるものをそのまま買い物カゴに入れようとする悠里を見て花織は慌ててストップをかけた。

「悠里さん、その辺で」

すると悠里は「しまった」という顔をする。するとすかさず遥希が「えぇー！」と不満そうな顔をした。

「買うのは本当に欲しいものだけ。こんなにいっぱいは買わないよ」

「だってぜんぶ欲しぃもん」

「でも、全部はだめ」

「……かおちゃんのけち」

むうっと遥希は不満そうに頬を膨らませる。幼児らしい仕草が可愛くてつい笑いそうになってしまうけれど、花織はなんとか真面目な顔を作る。

「けちじゃありません」

するとそのやりとりを見ていた悠里が、気まずそうに「花織」と声をかけてくる。

「この間話し合ったばかりなのに、ごめん」

「気持ちはわかりますし、ありがたいです。でも、これから電車に乗るのにこんなに買ったら荷物になっちゃいますよ」

ばつの悪そうな悠里の顔に花織は苦笑する。

この一ヶ月間、悠里は何かと遥希にプレゼントをしてきた。

テレビのＣＭで流れたおもちゃを欲しがれば、その場でネット購入。共に出かけた先で遥希が何かを欲しがれば『いいよ』と二つ返事で買ってあげる。

それが全て遥希を可愛いと思っているからなのはわかるが、花織としては、遥希に「欲しがればなんでも手に入る」と思ってほしくない。そんな思いから、何かのお祝い事や誕生日以外での高額なプレゼントは控えてほしいとお願いしたばかりだった。

その後、なんとか遥希に話して聞かせた結果、キャラクターのTシャツとおもちゃを一つ、駅弁を三つ購入し、帰りにまた売店に寄ることで決着した。

一度はへそを曲げてしまった遥希だが、買ったばかりのキャラクターTシャツを着ていざ機関車に乗り込むとたちまちご機嫌になる。

この辺りの切り替えの速さもまた子どもならではで可愛いと思う。

今回三人が乗る蒸気機関車は、本来は千頭《せんず》駅を終着駅としていた。

しかしながら、数年前の災害が原因で、今年の運転区間は新金谷駅から川根温泉笹間渡《ささまど》駅までとなっており、約一時間の鉄道の旅である。

座席は四人掛けのボックス席。悠里と遥希が横並びに、その対面に花織が一人で座る。

レトロな雰囲気が漂《ただよ》う客車には冷暖房設備はなく、あるのは扇風機のみ。

事前情報として知ってはいたものの真夏の今の時期大丈夫だろうか……と心配していたが、いざ乗車してみると、暑さはほとんど気にならなかった。

開け放たれた窓からは風が入り込み、暖かい風はかえって夏を感じさせてくれる。

「あっ、みて！　手をふってる人がいる！」

対面の窓側に座る遥希の声に誘われて外に目をやれば、線路沿いの公園では子どもたちが遊びをやめて列車に向けて大きく手を振ってくれていた。それに遥希も「バイバーイ！」と振り返す。

数秒にも満たない束の間の邂逅《かいこう》。だがその一瞬の笑顔はとても輝いて見えた。

車窓からは、晴れ渡る空の下に広がる新緑色の茶畑がいくつも見える。

普段、目にしている都会のビル群とは違う光景に心が洗われるような気がした。

「花織、遥希」

共に窓の外に視線を向けていた二人は、柔らかな声に導かれて振り返る。と、同時にスマホがシャッターを切る音が聞こえた。見れば、スマホを構えた悠里が満足そうに画面を見ていた。

「――うん、よく撮れた」

「本当ですか？　急だったから変な顔をしてません？」

「全然、可愛いよ」

「みせてー！」

遥希と一緒に画面を覗き込んで驚いた。とても自然な笑顔を浮かべた自分がいたからだ。茶畑を背景に満面の笑みを浮かべる遥希と一緒に写ったそれを、花織は一目で気に入った。

「本当によく撮れてる……。後で送ってくれますか？」

「わかった」

「この子と撮った写真って意外と少なくて。だから、嬉しいです」

沙也加と出かける時などは撮ってもらえるが、基本的に花織は撮る側だ。

もちろん被写体は可愛い甥《おい》っ子で、花織のスマホの中には生まれた時から今日までの遥希の写真が何千枚と入っている。

しかしその中で自分と一緒に写ったものはとても少ない。

「これからは俺が二人の写真を撮るよ。昨日も動物園でたくさん撮ったし、旅行が終わったらアルバムを作るから楽しみにしていて」

「アルバム？」

「初めての家族旅行の記念にね」

家族旅行。とても幸せな、その響き。

「それなら悠里さんも一緒に撮りましょう」

「俺も？」

「三人で。……ね？」

悠里と遥希の写真は花織が撮る。でもせっかくなら三人で撮りたい。

花織の提案に悠里は「いいね」と微笑み、手を伸ばして自撮りを試みる。しかし二、三回試してみるものの客車が揺れるためなかなか上手に撮れない。するとその時、通路を挟んだ向かい側から「あの」と声をかけられた。

「よかったら撮りましょうか？」

話しかけてきたのは六十代前半ほどの女性だった。これに悠里がすぐに笑顔で応答する。

「ありがとうございます。お願いしてもいいですか？」

「ええ、もちろん。それじゃあ撮りますよ～」

女性は縦と横で数枚撮るとスマホを悠里に返す。

「よろしければ皆さんもお撮りしましょうか？」

悠里の申し出に女性は「お願いしようかしら」と自身のスマホを悠里に渡す。そして隣に座る夫らしき男性と、向かい側に座る小学校低学年くらいの男の子二人に話しかけた。

悠里は慣れた様子で何枚か写真を撮って女性にスマホを渡し、彼女は「よく撮れてるわ」と微笑み、視線を悠里から遥希へと向けた。

「ぼく、何歳？」

これに遥希は物おじすることなく元気いっぱいに「五歳！」と答える。すると女性は「可愛いわねぇ」といっそう笑みを深めた。聞けば、女性は夫と共に島田市内に住んでいて、今日は夏休みで遊びに来た孫二人を連れて乗車したのだという。

「この子たちが年中さんだった頃が懐《なつ》かしいわ」

「やっぱり子どもの成長はあっという間ですか？」

「そうねえ。気づいたらもう小学生って感じかしら。今は今で昔とは違う可愛らしさがあるけれどね」

そう言って女性は柔らかく微笑んだ。

「家族旅行、楽しんでね」

「……はい。ありがとうございます」

家族——当たり前のようにそう言われたことが、花織はとても嬉しかった。

往復の鉄道の旅を終えて新金谷駅に戻ってきた三人は、車で二日目の宿に向かった。

数年前にオープンしたばかりのその宿泊施設は、広い敷地内に一棟貸しのコテージが全部で十数棟あるらしい。花織たちが宿泊するのは、その中で最も広い、最大で八人収容できるコテージだ。

広々としたリビングの他には和室が一つ、洋室が二つあり、その他にも檜《ひのき》の内風呂や源泉掛け流しの露天風呂までついている。

リビングの窓からは沿線を走る電車が見えて、遥希はここでも大喜びだった。

夕食のバーベキューは宿側が手配から後片付けまでしてくれるため、花織たちは新鮮な食材を焼いて食べるだけでよかった。それさえも悠里が率先して焼いてくれた。

その後も悠里は自ら進んで遥希の入浴から寝かしつけまで買って出てくれたものだから、花織は文字通り上《あ》げ膳据《ぜんす》え膳《ぜん》状態。

今も、『せっかくだからゆっくりしておいで』という彼の言葉に甘えて露天風呂を堪能している。

「気持ちいい……」

夏の夜空のもとで少しぬるめのお湯に浸《つ》かっていると、自然と息が漏れる。

こんな風に一人でのんびりと温泉に入るなんていつ以来か。覚えている限りでも、悠里と付き合っている時に一緒に温泉旅行に行ったのが最後かもしれない。

(そういえばあの時も露天風呂付きの部屋だったなあ)

あれは確か、付き合って一年目の花織の誕生日。

お祝いも兼ねて悠里は温泉旅行に連れていってくれた。

高校卒業以降は姉と二人で慎《つつ》ましく生きてきた花織にとって、露天風呂のついた部屋に泊まるなんて初めてのことで、とても驚いたのを覚えている。

その夜、風呂から出た後は、どちらからともなく顔を寄せ合って唇を重ね、傾れ込むようにベッドに沈んだ――

「っ……」

彼と体を重ねた時のことをありありと思い出してしまった花織は、咄嗟《とっさ》に顔半分を温泉に沈める。

誰も見ていないというのに、そんな自分をとてもいやらしく感じた。

(のぼせそう……)

最後に彼と体を重ねたのは三年以上前。

想いを通じ合わせてから今日まで、そうした機会が全くなかったわけではない。

週末には遥希と二人で悠里の家にお邪魔してお泊まりもしていたし、遥希を寝かしつけた後にキスも交わしていた。

表面に触れるキスから啄《ついば》むようなキス、そして食べるような深いものまで、たくさん。

でも、それだけだ。

ドア一枚を隔てた寝室のベッドで遥希が眠っていると思うとなんとなく落ち着かなくて、それ以上進むことはなかった。寸止めのような生殺しの状態に悠里がもどかしい思いをしているのは、花織も気づいていた。

その証拠に、ふとした瞬間に花織を見つめる彼の視線はとても熱っぽい。

紳士的な笑顔の奥に潜《ひそ》む、情欲を湛《たた》えた熱い眼差しに何度息を呑んだことだろう。

彼の瞳は間違いなく、「花織が欲しい」と告げていた。

自惚《うぬぼ》れではなくそうだとはっきりわかるのは、花織も同じ気持ちだからだ。

――悠里さんが欲しい。

心だけではない。体も欲しいのだ。

彼と激しく求め合ったことを、花織の体はまだはっきりと覚えている。

別れてからの三年間、花織は「自分には不要なものだから」と恋愛に関しての一切を遠ざけた。

常に母親としての立場を優先した。

けれど今は違う。

遥希の母親としての自覚を持ったまま、女としても愛されたいと望んでいる。

恋愛と母親。少し前までの花織は、その二つは両立できないと思っていた。でも、その認識を覆《くつがえ》してくれたのが、悠里だった。

彼の広い心と深い愛情が、凍っていた花織の女としての心を溶かしてくれたのだ。

「……好き」

ひとたび言葉に出せば想いはいっそう溢《あふ》れる。

「大好き」

悠里が好きだ。心の底から彼を愛している。

だからこそ体でも愛し合いたいと思わずにはいられないのだ。

「花織」

風呂から上がった花織が寝支度を整えてリビングに戻ると、悠里がキッチンに立っていた。その姿に花織は見惚れた。

(浴衣《ゆかた》姿、かっこいい……)

彼もまた花織と同じ宿の浴衣《ゆかた》を着ている。太く逞《たくま》しい首や喉仏、そしてわずかに覗く胸元に自然と視線が吸い寄せられそうになった花織は、慌てて視線を彼の顔へと移した。

「遥希は寝ました？」

「ああ。今日はたくさん歩いたし疲れたんだろうな。五分も経たずに寝ちゃったよ」

「はしゃいでましたもんね。ありがとうございました」

「どういたしまして。炭酸水、飲む？」

「いただきます」

悠里は頷き、氷の入ったグラスに炭酸水を注《つ》いで渡してくれる。花織はそれを一気に半分ほど飲み干した。色々な意味で火照《ほて》った体に冷たい炭酸水が染み渡る。

「ん……美味しい。ありがとうございます」

礼を言ってグラスをキッチンに置いたその時、ふと顔に影がかかる。弾かれたように顔を上げた花織を待っていたのは噛み付くようなキスだった。

「っ……!?」

反射的に引き結んだ唇を窘《たしな》めるように、熱い舌先でぺろりと舐《な》められる。ハッと眼前の悠里に目を向ければギラギラと熱く輝く瞳があった。

——自分を欲する男の目。

ぞくりと背筋が粟立《あわだ》つ。同時に体の奥底に燻《くすぶ》っていた女としての自分を刺激されるのを感じた。

本能に突き動かされるままに体の力を抜いた花織は、両手を逞《たくま》しい彼の背中に回す。

瞼《まぶた》を閉じてうっすらと唇を開けると、すかさず悠里は舌を捩《ね》じ込んできた。花織の舌をいとも容易《たやす》く絡め取った舌が、先端から裏側まであますところなく這《は》っていく。

「んっ……」

頭がクラクラする。本能に導かれるように花織は自らも舌を差し出し、彼を求めた。

顔を傾けてよりいっそう深いキスをする。互いの全てを求めるような激しい口付けに立っていられなくなると、すかさず悠里が花織の腰を支えてくれた。

「可愛い」

「ふ、ぁ……ん……」

「本当に可愛すぎて……たまらない」

どんなキスが気持ちいいかは言葉にせずとも体が、唇が、舌が覚えていた。

その時、グラスの中の氷が溶けてカラン、と小さく音がする。

それをきっかけにどちらからともなくキスをやめた。

二人の唇を繋いでいた糸がつうっと細く伸びてぷつんと切れる。

ぼうっと熱を帯びた思考には、それだけのことがひどく淫《みだ》らに感じた。

力の入らない花織の腰を抱いたまま、悠里は耳元に唇を寄せる。

「大丈夫？」

「ん……はい」

「急にごめん」

――風呂上がりの花織を見たら箍《たが》が外れた。

熱っぽく続けられた言葉に、ぞくりと背筋に悪寒のような震えが走る。ゆっくりと顔を上げれば先ほどと同様、情欲を隠しきれない熱い瞳がそこにあった。

「ベッドに行こう」

前置きなどないストレートな言葉は、彼の余裕のなさの表れか。

――そうであればいい。

だって花織も、今すぐにでも彼に触れたくてたまらないのだから。

花織は小さく頷き、両手を悠里の首の後ろに回してきゅっと抱きつく。

次の瞬間、体がふわりと浮いた。花織を横抱きにした悠里は迷いのない足取りで洋間のうちの一つに向かうと、ダブルベッドの上に花織を横たえ、その上に跨《また》がった。

「遥希の寝てる和室のドアは少し開いてるから、声が聞こえたらすぐにわかる。この部屋の鍵も開けておく。だから……いい？」

「……はい」

「優しくするよ。でも、ごめん。正直に言うとあまり余裕がない。ずっとこうしたかったから」

素直に伝えてくれるところも愛おしかった。

花織はたまらず上半身を少し浮かして悠里の唇に自らの唇を押し当てる。不意打ちのキスに目を見開いた彼に、花織は恥じらいながらも「たくさん待たせてごめんなさい」と告げた。

「優しくなくてもいいです。だから……早く、ください」

大胆なことを言っている自覚はある。でも今は、会話をするのがもどかしいくらいに一秒でも早く彼に触れたくて仕方なかった。

「触りたいし、触ってほしいんです」

「——ああもう」

「んっ、あっ……！」

「煽《あお》りすぎだ」

花織に覆い被さった悠里は噛み付くようなキスをすると、一気に浴衣《ゆかた》の帯を引き抜いた。

悠里は露《あら》わになった花織の上半身を見るなりうっとりと目を細めた。その口が「エロい下着」と呟くのを花織は聞き逃さなかった。

「これ、自分で選んだの？」

花織は視線を逸らしながらも小さく頷き、今日のために新しく買ったのだと素直に告げた。

淡い水色のブラジャーは総レース仕様で面積の大部分が透けている。

下は生まれて初めて穿く紐《ひも》のTバック。少しでも悠里に可愛いと……綺麗だと思ってほしくて勇気を出して身につけた。

「私は、その……あまり色気がないから。下着くらい、可愛いものをつけようと思って。……引きました？」

「引くどころか興奮しすぎてやばいな」

悠里はブラジャーの上から胸の先端をきゅっと摘む。

「あっ……」

たまらず声を上げると悠里は「可愛い声」と嬉しそうに顔を綻《ほころ》ばせる。

「それに、こんなに可愛くて綺麗なのに、色気がないなんて言わせない。本当に……すごく綺麗だ」

「んっ」

悠里は胸の谷間に顔を埋《うず》めて皮膚の表面を甘噛みする。

そうしてきつく吸い付かれれば、三年ぶりのキスマークが肌に刻まれた。

彼は、まるで花織は自分のものだと言わんばかりに、首筋や胸の谷間に痕《あと》を残していく。そうしながらも、その両手はブラジャー越しに花織の胸を揉みしだく。

「あっ、んん……」

和室から離れているとはいえ、もしも遥希が起きてしまったらと思うと声を出すのはためらわれて、必死に唇を引き結んで甘い痺《しび》れに耐える。しかし、悠里は構わず胸への愛撫《あいぶ》を続けた。

布越しに膨らみを堪能していた彼は、徐《おもむろ》にブラジャーをずらす。そうして露《あら》わになった先端は度重なる刺激によってうっすらとピンク色に色づいていた。

「可愛い……」

艶《つや》っぽく呟いた悠里は、ぱくんと先端を口に含む。布越しとは違う熱い舌の感覚にたまらず腰が跳ねた。彼はもう片方の先端を指先でやんわりと摘み、そして親指でこねくり回す。

緩急ある舌と指の動きに花織の腰は無意識に揺れてしまう。

「それ……」

「気持ちいい？」

「ん……」

返事をするのも難しくて小さく頷くのがやっとだった。

花織を熱っぽい眼差しで見つめた悠里は、唇の端を上げると愛撫《あいぶ》を再開させた。口で胸のいただきを食《は》んだまま、右手はゆっくりと体の線をなぞるように下りていく。

「……っ、ぁ……」

「声、我慢しないで」

無理、という意味を込めて唇を引き結んで首を横に振る。一度寝た遥希が滅多なことでは起きないことはわかっている。一日中遊んでいた今日は、きっと朝までぐっすりだろう。

それでも、もしもの時を考えるとどうしてもそちらに意識がいってしまう。

「——今は、俺に集中して」

太ももの付け根を這《は》っていた指先がするりと下着の中に滑り込んだ。

「あんっ……そこ、んっ……！」

すでにそこは、激しい口付けや胸への愛撫《あいぶ》によってしっとりと濡れていた。悠里の指先は花弁の割れ目を焦《じ》らすように上下になぞる。

「すごく濡れてる。感じてるんだ？」

「言、わないで……あっ……」

つぷん、と中に指を挿入された瞬間、甘い痺《しび》れが背筋を駆け抜けた。

咄嗟《とっさ》に両手でシーツを掴んで快楽の波に耐えようとすると、「だめだよ」と甘い吐息混じりの声がそれを窘《たしな》める。

「掴まるなら俺にして」

悠里は花織の体を抱っこするように上半身を抱き起こすと、その背にまくらを充てがい、そして――

「何……あっ！」

花織の両足を大きく広げると、その付け根に顔を埋《うず》めた。

「待って、悠里さん、あっ……！」

制止する間もなく下着の紐《ひも》を口に咥《くわ》えられ一気に引き抜かれた。

隠すものが何もなくなった秘部に舌を這《は》わされる。ぷっくりと屹立《きつりつ》する陰核を舌先で突《つつ》かれた花織は声にならない悲鳴を上げた。

悠里に舐《な》められている。彼の熱くて赤い舌が花織の中へとゆっくりと入り込んでくる。

感覚はもちろん、視覚的にも破壊力が強すぎてくらくらした。

「んっ、あ……！」

あまりの快楽に耐えきれずに花織は両手で悠里の頭を抱え込んでしまう。すると、浅い部分を舐《な》めていた舌先がさらに奥まで入ってきた。

舌を挿入されたまま、彼の指先が陰核を擦り始める。

「だめっ、ああっ……！」

その瞬間、悪寒にも似た甘すぎる痺《しび》れが体の中心を駆け抜ける。

そのまま一気に力が抜けて、花織はまくらにもたれかかった。

足の付け根から顔を上げた悠里は、脱力する花織を見て艶《つや》っぽく微笑むと、息を乱したままの花織の唇に啄《ついば》むようなキスをしてきた。

「んっ……悠里さん……」

「いく時の花織、可愛かった」

そう言って微笑む悠里は、乱れていた自身の浴衣《ゆかた》を脱ぎ捨てベッドの外に放り投げる。下着一枚になった彼の部分は布越しでもわかるほどに昂《たかぶ》っていた。

「おっきい……」

意図せず漏れた心の声に、花織の頬に口付けようとしていた悠里はぴたりと動きを止める。

「悠里さん？」

「……今のはだめだろ」

不思議に思って顔を覗き込もうとするが、すかさず唇を封じられる。

「んっ……!?」

「本当に、昔から君は俺を煽《あお》るのが上手い」

いったい何が彼の引き金を引いたのか。

次の瞬間、花織は再び仰向けにされ、大きく広げた両足を抱え上げられた。そうして濡れたそこに押し当てられたのは、下着越しの昂《たかぶ》りだった。

「あっ……」

懐《なつ》かしくももどかしい感覚にお腹の中心がキュンと疼《うず》く。

それに呼応するように奥から溢《あふ》れ出た愛液が、悠里の下着をしっとりと濡らした。それを見た悠里は、目を細めて「エロいな」と嬉しそうに呟き、ためらうことなく下着を脱ぎ捨てた。

そうして露《あら》わになったのは、直視するのがためらわれるほどの剛直。

昂《たかぶ》ったその先端は、すでに先走り液でぬらりと濡れていた。

照明の下で見たそれは、あまりに生々しくいやらしくて、目が逸らせない。今からこれが自分の中に入るのだと思うとたまらなく胸がドキドキした。

「怖い？」

静かな問いに花織はゆっくりと首を横に振る。

「ただ……少し、緊張してます」

花織が過去に体を重ねたことがあるのは悠里だけだ。

人肌に触れる心地よさも、その先にある快楽の高みも、教えてくれたのは全て悠里だった。

これから自分に訪れるだろう感覚を花織は知っている。だからこそ、緊張せずにはいられないのだ。彼と一つになった時、自分がどれほど乱れるかわかっているから。

「俺もだよ」

「え……？」

「ずっとこうしたかったから……待っていたから、嬉しすぎて心臓がどうにかなりそうだ」

そう言って、悠里は花織の額に触れるだけのキスをする。

——ドキドキしているのも、緊張しているのも自分だけではない。

花織の体からふっと力が抜ける。それを見た悠里は自身を落ち着かせるように小さく息をつき、手早く避妊具を装着した。

「挿《い》れるよ」

「……はい」

薄い膜越しの硬い先端がゆっくりと割れ目に触れる。

「んっ……」

「ゆっくりする。痛かったらすぐに言ってくれ」

「わかり、ました……あっ……！」

もどかしいほどにゆっくりと昂《たかぶ》りが侵入してくる。三年ぶりに迎えたそれは記憶のままに熱くて大きくて、まだ挿入している途中なのにそれだけで達しそうになってしまう。

「悠里さ、ん……あっ……！」

「大丈夫。可愛い声を聞かせて」

花織は自身に覆い被さる悠里の首に両手を回して、彼を受け入れた。

全てを挿入した悠里はすぐに動くことはなかった。自身の形を花織の中に馴染ませるように深く腰を落として花織の体の上に折り重なる。

「きついな……でも、最高に気持ちいい」

とろけるように甘く熱い吐息が耳朶《じだ》を震わせる。その声から彼が興奮しているのが伝わってきて、無意識に中の彼をきゅっと締め付けてしまう。

「ん……ああもう、可愛いな。すぐに持っていかれそうだ」

「あっ、悠里さ――」

「動くよ」

悠里は律動を開始する。最奥《さいおう》にあった昂《たかぶ》りをゆっくり引き抜いた彼は、初め浅い部分で緩やかに出し入れしていた。久しぶりの行為に慣れさせようとしているのだろう。けれど、もどかしく感じるほどの緩慢な動きは逆に花織を焦《じ》らしているようだ。

「大丈夫？」

「ん……平気です……」

だから、もっと。

もっと、あなたが欲しい。

それを言葉にする代わりに、花織は自ら腰を彼に押し付ける。

それだけで悠里には花織の気持ちが伝わったのだろう。

彼は薄くて形のいい唇の端をわずかに上げた。直後、彼の動きが変わる。

「あっ……!?」

緩やかだった動きが急に激しくなった。

たまらず喘《あえ》ぎ声を上げる花織の唇を塞いだ彼は最奥《さいおう》を一気に貫いた。

そうかと思えば入り口ぎりぎりまで引き抜き、再び根元まで突き立てる。

緩急ある腰遣いによってもたらされる強烈な快楽に、花織はもはやされるがままだった。

(頭、おかしくなりそう……!)

生理的な涙の浮かんだ瞳で自分を翻弄《ほんろう》する男を見つめる。

すでに彼の顔には、笑みはなかった。

余裕をかなぐり捨てた悠里は、自分の下で乱れる花織を溢《あふ》れんばかりの情欲を宿した瞳で見下ろす。じりじりと肌が焼けそうなほど熱い眼差しは、雌《めす》を求める雄《おす》そのものだった。

「あっ、んんっ、あ……!」

悠里は一心に花織を求める。

いつもは紳士的で笑顔を絶やさない悠里が、花織の前で「男」に変わる。

昔から花織はこの瞬間が好きだった。

愛されていると、求められているとこれ以上なく感じることができるから。

「っ……あ、ん……！」

腰を打ちつけられるたびに溢《あふ》れた愛液が淫《みだ》らな音を立てる。

普段の自分からは考えられないような甘い声が喉から漏れて、自身のあまりの淫《みだ》らな姿に目眩《めまい》がしそうになる。しかしそんな羞恥心《しゅうちしん》を上回るほどの愛おしさが、花織の胸を占めていた。

「悠里さ……好きっ……」

何十回、何百回言葉にしても足りない。

別れの言葉を口にした時も、離れていた間も、再会してからも。

心の奥底に幾重《いくえ》にも鍵をかけてもなお、完全に封じ込めることができなかった、彼への想い。

それを今は、何のためらいもなく言葉にすることができる。

それがたまらなく嬉しくて、幸せだった。

「大好き……！」

「——俺もだよ」

悠里は笑う。思わず見惚れるほど綺麗で、色気に満ちた男の顔だ。

「……愛してる」

私も、と言いたいのに言えなかったのは嬉しすぎたから。

狂おしいほどの快楽と心が満たされるような多幸感と共に、最奥《さいおう》まで貫かれた花織は達した。

頭の中が真っ白になって目の前で何かが爆《は》ぜる。

逞《たくま》しい背中に両手を回してぎゅっとしがみつくのと、体の中で薄い膜越しに熱い液体が放たれたのは同時だった。悠里は、最後の一滴まで注《そそ》ぎ込もうと言わんばかりにそのまま腰を打ちつけ、やがて熱い吐息を漏らして花織の体に折り重なった。

「……大丈夫？」

「はい。……悠里さんは？」

「最高に気持ちよくて、幸せだった」

「……私もです」

どちらからともなく笑みが溢《あふ》れ、唇を重ねる。

それから少しして悠里は体を起こすと、ゆっくりと埋め込んでいたものを引き抜いた。

「んっ……」

体の中を満たしていたものがなくなって感じたのは寂しさだった。

自分でも欲深いと思う。すでに十分すぎるほど身も心も満たされているのに、再び彼と繋がる心地よさを知った体は「もっと」と悠里を求めてしまう。

そんな気持ちが通じたのだろうか。

「花織。もう少し、いい？」

「えっ……？」

「もっと君が欲しい」

達した直後の脱力感に身を任せていた花織は、ストレートな彼の言葉に息を呑む。悠里はそんな花織の頬や唇に優しいキスをすると、直視するのがためらわれるほどの色気のある微笑みを向けた。

「久しぶりなのにごめん。でも……まだまだ君を感じていたいんだ」

「あ……」

「だめかな？」

——そんなはずない。

むしろ花織も同じ気持ちだった。

「だめじゃないです」

大好きな人にそっとキスをする。

「私も、もっとあなたを感じたい」

——愛してる。

心からの想いを唇に乗せれば、悠里はとろけるように微笑んだ。

その晩、花織はこの世でただ一人愛した人に望まれる喜びを、これ以上ないほど知ったのだった。

9

九月初旬。

週末の日曜日、花織は沙也加と共に都内のホテルラウンジを訪れていた。悠里が『たまにはゆっくりお茶でもしてきたら』とアフタヌーンティーの予約を取ってくれたのだ。

「じゃあ、今日は大室さんと遥希の二人でお出かけなんだ？」

「大宮の鉄道博物館に行くって言ってたわ」

悠里の希望で、親子コーデで出かけたと伝えると、沙也加は「もうすっかりお父さんって感じね」とクスッと笑った。

彼がこんな風に一人の時間をくれるのは初めてではない。

静岡旅行を終えた後も、悠里は頻繁《ひんぱん》に遥希を連れ出した。平日はそれぞれの家で生活している分、週末に遥希に会えるのが嬉しくてたまらないらしい。時には『花織はゆっくりしていていいよ』と言って、今日のように二人で出かけることもあるくらいだ。

「入籍は予定通り年内にするの？」

「年末頃にするつもりよ」

「楽しみね」

ニコッと笑った沙也加は「それにしても本当に美味しいわね」と視線をテーブルの上へ向けた。

秋のアフタヌーンティーと題されたそれは旬の食材や果物を使用していて、どれをとっても見た目、味共に素晴らしい。今食べている和栗のモンブランも絶品で、自分たちだけで食べているのが申し訳ないくらいだ。

（悠里さんにも食べてほしいな）

甘いもの好きの悠里はきっと喜ぶはずだ。

「大室さんとデートで来たいなら、遥希は私が預かるから遠慮なく言ってね」

「……どうして彼のことを考えてるってわかったの？」

「顔を見ればわかるわよ。幸せそうな顔しちゃって、ごちそうさま」

「やだ、からかわないでよ」

「いいじゃない。幸せそうなのが伝わってきて私も嬉しいわ」

その後、話題は悠里の両親へと移った。

静岡旅行の翌月。

結婚の挨拶《あいさつ》をするべく、花織たち三人は八月の三連休を利用して長野県安曇野《あずみの》市を訪れた。

「やっぱり緊張した？」

「それは……ね」

長野に向かう車中は、正直話すのも難しいくらいに緊張していた。

何せ花織は、一方的に婚約破棄を突きつけた過去がある。その上、今は子持ちの身。

仮に反対されたところで別れるつもりはなかったし、認めてもらえるよう努力するつもりだった。

悠里は『心配いらないよ』と言ってくれたけれど、それでも不安は尽きなかった。

「でも、いざお会いしたらすごく気さくに接してくれて……婚約破棄したことも遥希がいることも全然気にしてない、むしろ一気に娘と孫ができて嬉しい、とまで言ってくれたの」

「へえ、よかったじゃない！　確か二泊したのよね？　遥希は大丈夫だったの？」

「緊張していたのは最初だけで、すぐに打ち解けてたわ。今は、お二人ともお仕事を引退して畑仕事をされてるんだけど、それが遥希にとっては珍しかったみたいで。虫取り網とカゴを持って畑を走り回ってた」

「こっちにいると土や虫に触れる機会も少ないから、かえって新鮮だったのかもね」

「おかげですっかり日に焼けたわ」

「いいわねえ、夏休み！　って感じ」

おじいちゃん、おばあちゃん、と呼ばれた二人の頬が終始緩みっぱなしだったのは記憶に新しい。遥希も遥希ですっかり懐《なつ》いたようで、帰り際には『もっとここにいる！』と泣いて、なかなか二人から離れようとしなかった。

「今も時々思い出したように『おじいちゃんのうちに行きたい！』って言うの。次は年末にお邪魔する予定だから、それまではテレビ電話で我慢してもらうしかなくて」

「年末だとあと四ヶ月弱か。大人にとってはあっという間だけど、子どもには少し長いかもね。でも、次に長野に行く頃には『大室花織』になってるんでしょ？　楽しみね」

「そうね。でも、その前に年末の繁忙期《はんぼうき》を乗り切らないと」

「それがあったか……でもまあ、ほどほどに頑張ろ！」

明日も会社で顔を合わせるのに、沙也加との会話は尽きることがなく、二人は午後四時過ぎにようやく解散した。

沙也加と別れた花織はまっすぐ悠里のマンションに帰宅する。

築浅の２ＬＤＫのマンションは現在の花織の住まいよりもずっと広く、セキュリティーも二段階認証。ゴミも二十四時間出せたりと、かなり快適だ。キッチンも三つ口コンロや深型食洗機など、料理好きの花織にとってはとても嬉しい設備が揃っている。

加えて悠里のマンションは会社とのアクセスもいい。今は週末婚のような状態だが、入籍後は今の賃貸を引き払い、こちらで暮らすことが決まっていた。

「ただいまー！」

ちょうど夕食を作り終えた頃、玄関のドアが開く音と共に元気な声がリビングまで聞こえてくる。洗い物の手を止めて玄関へ向かえば、靴を脱いでいる遥希とそれを見守る悠里がいた。

「遥希、悠里さん。おかえりなさい」

花織が姿を現すと、それに気づいた悠里が優しく笑う。

「ただいま。……あれ、なんだかいい匂いがする」

「今ちょうどカレーができたところなんです。お風呂も沸いてますけど、どうしますか？」

「たくさん歩いて汗もかいたし、先に風呂に入ろうかな。遥希、俺と一緒に入っちゃおう」

「いいよー」

「よし、じゃあその前に手洗いうがいをしっかりな」

「はーい！」

遥希は靴を揃えると慣れた足取りで洗面所に駆けていく。その小さな背中が見えなくなったその一瞬。

「花織」

「はい――んっ！」

ほんの一瞬、唇に柔らかいものが触れた。

「ただいま」

「……さっきも聞きましたよ？」

「そうだったね」

悠里は、不意打ちのキスに照れる花織の頭に今一度キスをすると、大きな手のひらで花織の頬をさらりと撫でる。

「おとうさん、はやくー！」

「今行くよ」

彼はぽかんと目を丸くする花織に微笑み、遥希のもとへ向かう。

一人玄関に残った花織はその場に座り込むことこそなかったものの、頬の火照《ほて》りを抑えることはできなかった。

六月に想いを通い合わせて以降、悠里の甘さは止《とど》まることを知らない。

それは、七月の静岡旅行で三年ぶりに体を重ねてからはいっそう加速した。

最近では、先ほどのようにふとした瞬間にキスをしてきたり、触れてくることも増えた。

そのほとんどが遥希の目がない時だが、たまに見つかっては『あー！　またちゅうしてる！』と言われることもある。

その時の遥希は、まるで悪戯《いたずら》を発見した時のように楽しそうで、それに対して悠里が『見つかっちゃったか』と返すのがお決まりの流れになっていた。

――甘い。

花織と遥希に対する悠里の態度はその一言に尽きた。

父親としても恋人としても、悠里は非の打ちどころがない。

あまりに完璧すぎるものだから、つい心配になって『無理しないでくださいね』と声をかけると、彼は『無理どころか楽しくて仕方ない』と晴れやかに笑った。

(幸せだなぁ……)

二人の着替えを用意して脱衣所に入ると、浴室からは楽しそうな笑い声が聞こえてくる。そんな何気ない日常の一コマを、花織は時々奇跡のように感じる瞬間があった。

花織と遥希は無事に養子縁組を済ませた。年末には悠里との結婚を控えている。

大切な子どもと大好きな人と一緒に過ごせる毎日は笑顔に満ちていて、花織は今までにない充足感を日々感じている。

これを幸せと呼ばずになんと言うのだろう。

「悠里さん。遥希は私が着替えさせますから、その後はゆっくり入ってくださいね」

ドア越しに声をかければすぐに「ありがとう」と返ってくる。

「でも最後までやるから大丈夫だよ。もうそろそろ出るし」

「えぇーやだ、もっと入りたい!」

「長すぎるとのぼせるから」

「のぼせるってなに？」

「あー……なんて言えばいいんだろう、頭がくらくらして気持ち悪くなっちゃうんだ。それにお腹も空《す》いただろ？　今日はカレーだって」

「カレー！　ぜったいおかわりする！」

「それじゃあ、あと十数えて出よう」

いーち、にーい、と歌うような声を聞きながら、花織は今の幸せを噛み締めた。

こんな日がいつまでも続けばいいと、そう願いながら。

◇

翌週の水曜日。

午後二時過ぎ、デスクワークをしていた花織のもとに一本の内線がかかってくる。受付の社員からで、花織宛に客が訪ねてきているという連絡だった。

『三里《みさと》銀行の宮木《みやぎ》様とおっしゃる男性のお客さまです』

「宮木さん？」

困惑した声が出てしまったのは、午後に来客予定もなければ初めて聞く名前だったからだ。

『お約束がないようであればお引き取りいただきますか？』

「あ……いいえ、お会いします」

取引先の知り合いの中に宮木という名前は思い当たらないが、花織に会いに来ている以上無視するわけにはいかない。

「すぐにそちらに向かいますので、お待ちいただくようにお伝えください」

『わかりました』

花織は急ぎ受付に向かうべくエレベーターに乗り込んだ。

(宮木さん……しかも男性？)

改めて考えてみるがやはり心当たりはない。しかし、勤務先の名前には覚えがある。

三里銀行は、姉の夏帆が以前働いていた会社だ。

ただの偶然だろうか？

それとも、姉の知り合いがなんらかの理由で妹の花織を訪ねてきた……？

まるで見当がつかないままエントランスに到着した花織は受付に声をかける。

「あちらのお客さまです」

促《うなが》された方に視線を向けると、一人の男性が椅子に座って手元のスマホに視線を落としている。

花織に気づいた様子はない。

(とりあえずお話を聞いてみないと)

長く営業職をしているとはいえ、初対面の相手と話す時はそれなりに緊張する。

花織は小さく深呼吸をして気持ちを落ち着かせると、下を向いたままの男性にそっと声をかけた。

「宮木様でいらっしゃいますか？」

男性は弾かれたように顔を上げる。

「お待たせいたしました。営業部の東雲と申します」

名乗った途端、花織の顔を確認した男性はなぜか目を見開き、固まった。

対する花織は二重の意味で驚いた。まるで幽霊に遭遇したような反応もそうだが、男性がとても整った顔立ちをしていたからだ。

年齢は、三十代半ばほどの彫りの深い顔立ちの男だ。

扇形《おうぎがた》の眉毛に縁取られた目はぱっちりとした二重《ふたえ》で、瞳の色は濃い茶色。鼻筋は高く通っている。

悠里に引けを取らないほどの美形を前に、花織は妙な既視感を抱《いだ》いた。

初対面なのは確かだ。これほどの美形を覚えていないはずがない。

「宮木様？」

今一度声をかけると、彼は我に返ったように慌てて立ち上がり名刺を差し出してくる。

「失礼しました。三里銀行の宮木と申します」

「頂戴《ちょうだい》します」

差し出された名刺に花織もすぐさま名刺ケースを取り出し、自身のものを取り出し交換する。

そして名刺に視線を落とせば、「宮木透《とおる》」と名が記されていた。

やはり、覚えのない名前だ。

面識のない男性。しかし、花織が宮木について何も知らないのに対して、彼の方は花織の勤務先を知っている。そしてアポイントメントのない突然の来訪とくれば、少なからず警戒はする。

しかしそれを相手に気取られるようなことはしない。

「失礼ですが、今日はどのようなご用件でいらっしゃいますか？」

すると宮木は表情を強張《こわば》らせた。緊張した面持《おもも》ちで彼は言った。

「突然お訪ねしたことをお詫びいたします。今日は仕事ではなく、個人的にお話ししたいことがありお邪魔しました」

「仕事に関係ない？」

「はい。夏帆の……あなたのお姉さんについてです」

夏帆、と。宮木は姉の名前を呼び捨てにした。息を呑む花織に宮木は続ける。

「そして、遥希くんについても」

宮木がその名前を発した瞬間、花織は先ほど抱《いだ》いた既視感の正体がわかった気がした。

彼は、遥希に似ているのだ。

同時に本能で察した。

宮木透。

――この男が、遥希の父親だ。

おそらくこれからする話は極めてプライベートなものになる。

本来なら会社で話すことではないが、仕事を抜けて初対面の男と二人でカフェに……なんてことはできないし、したくもない。結果、花織は宮木を応接室に通すことにした。

そこは営業部と同じフロアにある一室で、普段から社員が使用している部屋だ。

ここであれば、何かあった際にすぐに人を呼べる。何よりも「会社である」という事実は激しく揺れる花織の心にストッパーをかけてくれた。

もしも、宮木が遥希の血縁上の父親であった場合。

姉の言葉が事実であれば、宮木は夏帆を騙《だま》して付き合った挙句に妊娠させた。その上、遥希に一度も会いに来ようとはせず、夏帆の葬式にも顔を見せなかった最低な男ということになる。

大好きな姉を傷つけた男を前に冷静でいられる自信は、とてもなかった。

（……落ち着かないと）

八畳ほどの応接室には、対面式のソファとその間にローテーブルが置いてあり、花織と宮木は向かい合って座る。

対面の宮木は、終始落ち着かない様子で視線を揺らしていた。

先に口火《くちび》を切ったのは花織だった。

「単刀直入にお聞きします。今日私を訪ねてきた理由と、姉との関係を教えていただけますか」

宮木は『仕事ではなく』と言った。ならば愛想笑いもビジネストークも必要ない。

何より、相手は約束もなしに突然押しかけてきたも同然だ。遠慮するつもりは毛頭《もうとう》なかった。

無表情な顔、そして淡々とした花織の口調に宮木は覚悟を決めたように口を開いた。

「僕は以前、夏帆と交際していました。そして……おそらく、遥希くんの父親でもあります」

――やはりそうか。

予想はしていたが、改めて本人の口から告げられると衝撃が走る。

「証拠になるかはわかりませんが、これは僕と夏帆が付き合っていた頃に撮った写真です」

宮木は持参した写真の束をローテーブルに置く。震える指先でそれを手に取った花織は無性に泣きたくなった。

写真の中で、姉が笑っていた。

とても自然で優しいその笑顔は、かつて姉が遥希に向けていたものと同じ。

そして、彼女の隣には宮木がいる。ただの同僚ではあり得ないその距離感。寄り添い合う二人はとてもお似合いで、写真からでも仲の良さが伝わってきた。

二人は本当に付き合っていたのだと、嫌でも思い知らされる。

だからこそ、言わずにはいられなかった。

「あなたの言うことが本当だとして……よく、私の前に顔が出せましたね」

宮木の瞳が揺れる。しかし、それさえも今の花織には腹が立って仕方なかった。

「あなたが遥希の父親だという証拠はありますか？　そもそも、なぜ今さら私の前に現れたんですか？　姉が妊娠した時も、出産した時も……亡くなった時ですら顔を出さなかったのに」

妊娠期間を含めれば六年もの間、遥希を放置していたにもかかわらず、突然現れて遥希の父親を名乗る目の前の男への苛立ちが抑えられない。

「線香の一本もあげにこないで、よく遥希の父親を名乗れますね？　……正気を疑います」

他人に対してこんなにも凶暴な感情を抱《いだ》いたのは生まれて初めてだ。

徳原が沙也加の悪口を言っていた時も頭にきたけれど、宮木に対するこの感情は次元が違う。恨みにも似た強烈な嫌悪感。怒りで震える拳《こぶし》を強く握りしめる。爪が皮膚に食い込んで痛い。しかし、そうでもしなければ今すぐにでも声を荒らげてしまいそうだった。

「……全て、東雲さんのおっしゃる通りです」

対する宮木は、先ほどまでの様子が嘘のように落ち着いていた。

彼は、花織の激情をそのまま受け止める。その穏やかな様子さえも今の花織には癇《かん》に障った。

「ですが、僕は一ヶ月前に帰国するまで夏帆が亡くなっていたことも、子どもがいたことも知らなかったんです」

「……知らなかった？」

「はい」

「姉は、妊娠したことをあなたに知らせなかったんですか？」

この質問に宮木の表情が変わる。

「知っていたら、どんなことがあっても別れたりはしませんでした。妊娠した彼女を一人日本に残して海外に行ったりなんか、しなかった……」

宮木は太ももに置いた両手の拳《こぶし》を強く握り、顔を歪《ゆが》める。

深い後悔が伝わってくるようなその表情に一瞬、花織は怒りを忘れる。

「僕と夏帆は職場で出会いました。八年前、新しく赴任した支店で働いていたのが夏帆でした」

戸惑う花織を前に宮木は自身と夏帆の関係についてとつとつと語り始めた。

宮木は、窓口担当をしていた夏帆の明るい笑顔や客に対する丁寧な応対、同僚に対しての飾らない姿に一目で好感を持った。

その後、彼は同僚として交友を深めるうちに夏帆の複雑な生い立ちを知った。

それでも卑屈《ひくつ》になることなく、まっすぐ懸命に生きる夏帆をやがて人として尊敬するようになり、その気持ちが恋に変わるのに時間はかからなかった。

しかし、周囲には明かしていなかったものの、当時の宮木には大学時代から長く付き合っていた恋人がおり、夏帆と知り合う以前に結婚の約束をしていた。

夏帆への気持ちは忘れなければ——そう思っていた矢先、夏帆の方から告白されたという。

自分には婚約者がいる以上、断らなければならない。

でも、できなかった。

婚約者と夏帆。心はすでに後者に傾いていた。しかし真面目な夏帆は婚約者がいると知れば告白した自身を責めるだろう。当然、宮木と付き合うことはない。

結果、宮木は婚約者がいるのを隠したまま、夏帆の告白を受け入れた。

その後すぐに婚約者には別れたいと伝えたが、ここで思いもよらないことが起こった。

——婚約者が自殺をはかったのだ。

『何もしなくていい。ただ一緒にいてくれるだけでいい。それでも別れると言うのなら死ぬ』

そう言って自傷行為を続ける婚約者を切り捨てることが、宮木にはできなかった。

それなら夏帆と別れなければいけないのに……それもまた、できなかった。

しかし、二人の女性を裏切り続けた日々はやがて終わりを迎えた。

ある日、宮木は不正出血を訴える婚約者に付き添い産婦人科に行った。そして、それを夏帆に目撃されたことをきっかけに全てを知られることになった。

夏帆は、宮木ではなく自分自身を責めた。

知らなかったとはいえ、婚約者の女性に申し訳なくてたまらない……そう言って泣いた。

その場で夏帆は宮木に別れを告げ、二度と顔を見せないこと、連絡を取り合わないことを求めたという。夏帆を深く傷つけた宮木には、頷く以外の選択肢はあり得なかった。

それからすぐに宮木のニューヨーク駐在が決まった。婚約者とは散々揉めたもののなんとか別れることができ、それから先月まで一度も帰国することはなかった。

それでも、夏帆を忘れたことは一度もなかった。

この間、日本の知人と意図的に連絡を絶っていたのは、少しでも夏帆の話題について触れる可能性を断つため。彼女の名前を耳にしたが最後、約束を破って会いに行ってしまうかもしれない。だが散々彼女を傷つけた自分には二度と会う資格はなかった。

むしろ二度と会わないことこそが、自分が彼女にできる唯一の贖罪《しょくざい》だと思っていた。

しかし、帰国した宮木は、夏帆の死と彼女に子どもがいたことを知った。

年齢を聞いて『まさか』と思った宮木は、調査会社に依頼して遥希の姿を知り、自分の子であると確信した。

五歳の幼児は、驚くほどに子どもの頃の自分とよく似ていたから。

「今の自分がどれほど常識に外れた無礼な振る舞いをしているかは、重々承知しております。今さら僕が何を言っても言い訳にしかなりません。ですが、それを承知の上で申し上げます。どうか、遥希くんに会わせてください。――お願いします」

語り終えた宮木は、心の底から懇願するように深く頭を下げる。

その姿を前に花織は何も言えなかった。

悔しくて、悲しくて、呆れて、声が出なかったのだ。

宮木から語られた内容は、到底許容できるものではなかった。

腹の底から絞り出した声に軽蔑の色を隠すことができない。

「最低ですね」

「姉のことが好きだったから、自殺未遂をする婚約者を放っておけなかったから……そうやって理由をつけて、二人の女性と交際したことを正当化するつもりですか？」

「………」

「綺麗事を言わないでください。あなたがしたことはただの保身です。どんな理由があったとしても、要は二股したということでしょう。自分が可愛くて、傷つくのが嫌で、二人の女性を傷つけた。違いますか？」

「……その通りです」

許し難い。

「あなたみたいにずるい人間は見たことがありません」

「返す言葉もありません」

本当なら会話もしたくなかった。それでも一つだけ聞きたいことがある。

「あなたと婚約者の方が行ったという産婦人科の名前を、覚えていたら教えてください」

この質問に宮木はゆっくりと顔を上げる。

そうして戸惑いながらも彼が病院名を口にした瞬間、花織の感情は決壊した。

それは、夏帆と同じ病院だった。

妊娠を知った時、姉はきっと幸せの中にいたはずだ。

その直後、恋人が別の女性と共に産婦人科から出てくるのを目撃した時、姉はどんな気持ちだったのだろう。挙句その女性が婚約者で、自分が浮気相手だったなんて知ったら——きっと、絶望なんて言葉では生ぬるいほどショックを受けたに違いない。

(お姉ちゃん……)

姉は強く、優しい人だった。

実母が出ていった時でさえ、夏帆は涙一つ流さなかった。

その姉が、自分を責めて泣いたという。

どんなに辛くて、悲しくて、ショックだったろう。

それなのに夏帆は宮木については悪口どころか、一切口にしようとはしなかった。全てを自分の腹の中にしまって、亡くなる直前まで遥希を愛おしんでいた。

でも、宮木は違う。

姉を傷つけ、苦しませた挙句、今の今までなんのアクションもしてこなかった。この男が姉にしたことは消えない。あの優しい姉を騙《だま》し、泣かせた男が許せない。

「知らなかった？　だから、なんだというんですか。それで全てが許されるとでも？」

「そんなことは思っていません。ただ、僕は遥希くんに会いたくて……」

「会って、どうするんですか」

「まずは話がしたいです。……その上で許されるのであれば、彼を引き取りたい」

「……引き取る？」

「はい」

――この男は何を言っている？

「失礼ながら調べさせていただきました。東雲さんは未婚でいらっしゃいますよね？　もしこの先ご自身のご結婚を考えるのであれば、遥希くんの存在が――」

「遥希の存在がなんですか」

これ以上は聞くに耐えない。

「まさか私があの子を邪魔に思うとでも？　そうなる前にあなたが引き取りたいとでもおっしゃるつもりですか？」

「それ、は……」

さすがに踏み込みすぎたと思ったのか、宮木は一瞬口ごもる。

「ただ、彼は僕の子どもで――」

「自分の子どもなんて軽々しく言わないで！」

遥希は姉の――私たちの大切な子どもだ、宝物だ。

もはやここが会社であるとか、プライベートな話題であるとかなんて考えられなかった。遥希を自分のもののように語るこの男が、心の底から許せない。

「……知らないくせに」

遥希と過ごした日々が走馬灯《そうまとう》のように頭の中を駆け巡《めぐ》る。

姉が亡くなってからは、けっして楽な道のりではなかった。

一度は悠里との未来を諦め遥希を選んだものの、紆余曲折《うよきょくせつ》を経て再び彼と共にいられることになった。正式に遥希を養子に迎えた今、あとは入籍して悠里とも養子縁組をすれば法的にも三人は家族になる。色々なことを経て、ようやく幸せの形が出来上がっていく、そんな矢先にこの男は突然現れてそれを滅茶苦茶にしようとしている。

「姉が未婚で出産すると決めた時にどんなに不安だったか、私たち姉妹がどれだけあの子のことを想っているか知らないくせに……遥希のことを何も知らないのに、勝手なことばかり言わないで！」

「だから知りたいと言っているんです！」

花織の叫びに初めて宮木が声を荒らげた。

「知っていたら海外になんて行かなかった！　夏帆を一人になんてしなかった！　責められても詰《なじ》

られても、土下座してでもそばにいた！　でもあの時は僕が離れることが彼女のためだと……唯一できる贖罪《しょくざい》だと思ったから離れたんです！」

「っ……！」

その時、トントン、と外側からドアが叩かれる。二人は弾かれたようにそちらに目を向けた。

花織が深呼吸をしてドアを内側から開けると、沙也加がそこにいた。

「……大きい声が聞こえたけど、大丈夫？」

中にいる宮木には聞こえないように沙也加は小声で問う。

友人の顔を見て、昂《たかぶ》っていた感情の波がゆっくりと引いていくのを感じた。宮木に対する怒りや苛立ちは、依然消えないが、少なくとも怒鳴ることはもうしない。

「大丈夫よ」

「ならいいけど……何かあったらすぐに呼んでね？」

「ありがとう」

沙也加を見送った花織は、ドアを開けたまま宮木の方を振り返る。

「お引き取りください。今日お話ししたことについては後日改めてお電話します。こちらからご連絡を差し上げるまで、そちらからの接触はご遠慮ください。もちろん、今日のように会社に訪ねてこられても困ります」

反論は受け付けない。しかし花織にとってはこれでも十分柔らかい対応だった。

許されることなら、その厚顔な面《つら》に塩を投げつけたいくらいなのだから。

「……わかりました」

この辺りが引き際だと思ったのか、宮木は「失礼しました」と深く一礼して応接室を出ていったのだった。

◇――＊◆＊――◇

『昼間、遥希の父親を名乗る宮木という男性が会社を訪ねてきました。そのことについて相談したいので、仕事終わりにうちに来てくれると嬉しいです。遥希が寝た後であれば落ち着いて話せるので、可能であれば午後八時過ぎにお願いします。忙しい時にごめんなさい』

花織からそのメールが届いたのは午後三時過ぎのことだった。

商品企画会議に出席していた悠里は、メールに気づいたその足で急ぎ営業部に向かった。しかしすでに花織の姿はなく、たまたま居合わせた沙也加に彼女が早退したことを知らされた。

営業部のフロアを出た悠里は、すぐに花織に電話をかけたが繋がらなかった。

花織と宮木という男性の間でどんな会話がなされたかはわからないが、突然の出来事にきっと花織はひどく動揺しているはず。

叶うことなら今すぐ彼女のもとに駆けつけたいが、あいにくこれから会議がもう一件と来客予定が入っている。それに寝かしつけ前に訪ねたら、遥希が興奮してなかなか寝ないかもしれない。

悠里は八時過ぎに必ず向かうことをメールで伝え、午後の仕事に向かった。

そしてはやる気持ちで彼女の家を訪ねた時。

「悠里さん……」

悠里の姿を見た瞬間、花織の表情が崩れた。

素足のまま玄関に下りて悠里に抱きついた花織は、胸に顔を埋《うず》めて華奢《きゃしゃ》な肩を震わせる。言葉も出ないほどに取り乱す彼女の姿に、悠里は鞄を投げ捨てたまらず抱きしめた。

「花織」

「っ……、ふっ……！」

「大丈夫。……大丈夫だから。俺がいるから、もう大丈夫」

何度も同じ言葉を繰り返しながら、遥希を寝かしつける時のように背中を優しくトン、トンと一定のリズムで叩く。そうするうちに泣き声は次第に収まっていった。

「落ち着いた？」

ゆっくりと体を離せば、真っ赤な瞳をした花織が小さく頷く。

「まずは何があったのかを教えてほしい。話せそうか？」

「……はい」

いくらか落ち着きを取り戻した花織を伴いリビングに向かう。ソファに座る前に寝室のベッドを確認すれば、可愛らしい遥希の寝顔を見ることができた。

「おやすみ」

起こさないように小声で告げて髪を撫でると、一瞬むにゃむにゃと口元が綻《ほころ》んだ。

この笑顔を見るだけで、一日の仕事の疲れなんて軽く吹っ飛ぶような気がする。

自分を「おとうさん」と呼んで慕《した》ってくれるこの小さな子どもが、悠里は心の底から愛おしくてたまらない。

遥希と出会わなければ、けっして知ることのなかったそれは、きっと父性愛というものだろう。

すでに悠里にとって遥希の存在はなくてはならないものとなっている。

だからこそ花織から聞かされた宮木という男の主張には、明確な怒りを覚えた。

自己保身のために二人の女性を傷つけて、恋人の妊娠や死去も知らなかった男が突然現れて父親を名乗り、さらには遥希を引き取りたいと申し出る——

(呆れるな)

一人の人間としても同じ男としても、心の底から軽蔑する。反吐《へど》が出そうだ。

しかし、今ここで怒りを露《あら》わにしたら、ただでさえ動揺している花織を怯《おび》えさせてしまうかもしれない。

悠里は隣に座る花織の肩を抱き寄せ、彼女の髪の毛をゆっくり撫でながら口を開く。

「花織は何がそんなに不安？」

「それ、は……」

「確認するまでもないけど、遥希を宮木さんに引き渡す選択肢はない。それはいいね？」

バッと花織は顔を上げる。

「当たり前です！　そんなこと絶対にあり得ません！」

何を言っているんだと言わんばかりの表情に、悠里は「わかってる」と小さく頷く。

「もちろん俺も同じ考えだよ。遥希の母親は花織で、俺ももうあの子の父親のつもりでいる。きっと遥希もそう思ってくれているはずだ」

突然現れた厚顔無恥《こうがんむち》な男に対して憤《いきどお》るのは当然のことだ。

初めて知らされた姉の過去に動揺して泣いてしまうのも無理はない。だが落ち着きを取り戻した今も、花織は何かに怯《おび》えているように見えた。

初めは、宮木に遥希を取られたらどうしよう……と、不安になっているのかと思った。しかし、花織は遥希を手放すつもりは絶対にないと言い切った。

それならいったい何に彼女は怯《おび》えているのだろう？

その疑問に対し、花織は震える声色で言った。

「……宮木さんと遥希、本当によく似ていたんです」

「そんなに？」

「遥希が大人になったらこんな風になるのかなって想像がつくくらい、そっくりでした」

「そうだったのか……」

今はまだ宮木が父親を自称しているに過ぎない。しかし花織がここまで言うくらいだ。ＤＮＡ検査をすればおそらく宮木と遥希の親子関係は証明されるだろう。

「それに……宮木さんは本気で遥希に会いたがっていました。お姉ちゃんを好きだっていう気持ちも多分、本物でした」

だからこそ怖くなったのだ、と花織は続けた。

「もしも二人を会わせた時……遥希が宮木さんを選んだらどうしよう、って。私がどんなに遥希を渡さないと言っても、あの子が宮木さんと一緒にいることを望んだら……」

自分にとって最も大切で重要なのは、遥希自身の幸せだから、もしも本人が宮木を選んだら……そう思うと不安になってしまうのだと、そう花織は涙声で漏らす。

そんな彼女の隣で悠里はふっと体から力が抜けるのを感じた。

(遥希が花織じゃなくて、宮木を選ぶ?)

そんなこと天地がひっくり返ってもあり得ないと思ったからだ。

「花織は、もう少し自分が愛されている自覚を持った方がいいかもしれないね」

「……どういうことですか?」

「そのままの意味だよ。遥希は花織のことが大好きだ。君とぽっと出の男とじゃ天秤《てんびん》にかけるまでもない。というか、俺とその人でも絶対に俺の方を選ぶだろうな。——遥希の母親は花織だ。その君が遥希の気持ちを疑ってどうする?」

「っ……」

「不安に思う気持ちもわかる。でも、しっかりしないと」

厳しいことを言っている自覚はある。それでもあえて悠里は告げた。

「大丈夫。遥希は誰よりも『かおちゃん』のことが好きなんだから」

お世辞でも励《はげ》ましでもなくそれが事実だ。

実際、悠里と二人でいる時の遥希はしょっちゅう花織のことを話している。

その上で悠里は花織に対して自身の考えを伝えた。

悠里としても宮木の言動はあまりに一方的だと思うし、そんな身勝手な男に大切な遥希を会わせたくはない。しかし、彼が遥希の実父である可能性が高いこと、会社まで押しかけてきた事実やあちら側の動きも読めない以上、初めから全てを突っぱねて予期せぬ行動に出られる方が困る。

ならばこちらからいくつかの条件と制約を決めた上で、その機会を設《もう》けるのはどうか——と。

「条件？」

表情を曇《くも》らせる花織を安心させるように、悠里は穏やかな口調で続けた。

「一番に考えなければいけないのは、遥希に負担をかけないことだ」

前提として遥希と宮木を二人きりで会わせることはしない。

また、父親と名乗ることもやめてもらう。

最初から改まった場で四人で会うのではなく、家族三人で過ごしているところを遠目から見せ、その上で花織の知人として紹介する。

「これ以上は譲歩しない。まずはそう伝えた上で、向こうの出方を見てみよう」

「……わかりました」

悠里の提案が落としどころだと思ったのか、花織は提案を受け入れる。

「花織がよければ相手との交渉は俺がしようと思うけど、どうする？」

「お願いします。……私だと冷静に話せる自信がないので。今日も、場所が会社でなかったら手が出ていたかもしれません」

これには驚いた。花織が誰かを叩く姿なんてまるで想像がつかなかったからだ。

そんな気持ちが表情に出ていたのか、花織は気まずそうな顔をして視線を逸らしたのだった。


それから自宅マンションに帰宅した悠里は、宮木に電話をするべく花織から預かった名刺を取り出した。

時刻はすでに午後九時過ぎ。家族や友人ならともかく、他人が初めてかけるには常識的とは言えない時間帯だ。だが構うものかと思った。

最初に非常識な行動を取ったのは相手の方。約束もなしに会社に押しかけ、しかも極めてプライベートな話題を切り出した上に遥希を『引き取りたい』とのたまったのだ。

そんな相手に払う礼儀なんて初めから持ち合わせていない。

先ほどまでは花織のメンタルケアと状況把握が優先だと思い冷静であろうとしていたけれど、こうして一人になるとふつふつと宮木に対する苛立ちが込み上げてくる。

何を今さら、というのが率直な感想だった。

自分たちは今、紆余曲折《うよきょくせつ》を経てようやく家族になろうとしている。

残す過程はあと二つ。花織との入籍と、自分と遥希の養子縁組だけだ。

「こんなことなら、年末まで待たずに入籍しておけばよかったな」

もちろん入籍の有無《うむ》にかかわらず、自称血縁上の父親に遥希を渡すなんてあり得ない。

(あの子は、花織と夏帆さんが大事に育ててきた大切な子だ)

そして今や悠里にとってもかけがえのない宝物となっている。

遥希は五歳児なりに花織と悠里が実の両親でないことを理解している。それでもなお、悠里を「おとうさん」と呼んでくれるのだ。

くったくのない笑顔で自分を父と呼んでくれる幼い子が、悠里は可愛くて愛おしくてたまらない。

今さらあの子を手放すなんてことは考えられなかった。

「遥希の父親は、俺だ」

はっきりと口にした悠里は、スマホをタップした。

◇

週末土曜日の午前十時前。

悠里は、自宅の最寄り駅に併設されているカフェにいた。

今、花織と遥希は悠里の家からほど近い公園で遊んでいる。

マンションから徒歩圏内にあるそこは運動場や遊歩道、テニスコートや大きな池もある大型公園だ。遥希くらいの年齢の子どもが楽しめる遊具も充実していて、特に遠出する予定のない週末は三人でそこに行くことも多い。

それにもかかわらず悠里一人がカフェにいるのは、ここで宮木と待ち合わせをしているからだ。

花織と相談した結果、今日は先に悠里が宮木と顔合わせをした後、公園に連れていくことになっている。悠里は宮木の顔を知らない。どんな男かわからないまま遥希に会わせるなんてことは避けたかった。

水曜日の夜。電話に出た宮木の声は警戒しているようだった。しかし、悠里が名乗るとすぐに『あなたが……』と呟いていた。調査会社を利用したとのことだから、当然悠里の存在についてもある程度把握していたに違いない。

電話で悠里は感情的にならないよう淡々とこちらの要求を伝えた。

初めは悠里から電話が来たことに戸惑っていた宮木も、最後には『遥希くんに会えるなら』と納得したのだった。

そうして待つことしばらく。約束の時間の五分前に一人の長身の男が入店してくる。

男は店内をさっと見渡し悠里に気づくと、迷うことなくまっすぐこちらに向かってきた。

「大室さんですか?」

悠里は頷き、席を立つ。

「宮木さんですね」

「はい。このたびは僕の非常識な頼みを聞いていただき、本当にありがとうございます」

宮木は深く頭を下げた。常識のない男だと思っていたが自覚はあったらしい。大手銀行の総合職で海外に駐在するくらいだから、本来優秀な人物ではあるのだろう。

それが会社に押しかけ、話したこともない子どもを引き取るなんて言い出す暴挙に出たのは、きっとそれだけ遥希に会いたかったから。

(余裕がなかったんだろうな)

——とはいえ、花織を泣かせたことを許すつもりはないけれど。

「どうぞお座りください。話を始める前に何か注文されますか?」

「そうさせていただきます」

二人はテーブルを挟んで向かい合って座る。宮木はメニューを見ることなく店員を呼んでアイスコーヒーを注文する。その様子を見ながら悠里は複雑な気分になった。

——これは、花織が動揺するのも無理はない。

確かに目の前の男は遥希と同じ特徴を持っていた。はっきりとした顔立ちやぱっちりとした二重《ふたえ》瞼《まぶた》は本当によく似ている。

「早速ですが、今日これからのことについて確認させてください。電話でお話しした通り、今二人は近くの公園で遊んでいます。あなたには私と花織の知り合いという体《てい》で一緒に行ってもらいますが、遥希に父親だと名乗るのはやめてください。あの子を混乱させたくない」

「わかりました」

「よろしくお願いします。それともう一つ。あなたを公園にお連れする前にはっきりさせておきたいことがあります」

「……なんでしょう」

身構える宮木に対して悠里はきっぱりと言った。

「あなたが遥希を引き取るという選択肢はあり得ないことをご承知おきください。私と花織は年内に入籍し、その後私は遥希と養子縁組をする予定です」

遥希がすでに自分を「おとうさん」と呼んでいることを続けて伝えると、宮木の顔色はみるみる青ざめていく。

どうやらこの男は、自分が遥希を引き取る未来があると本気で信じていたらしい。

しかし、悠里はその可能性は万に一つもあり得ないことを早々にわからせる。

「……叔母と甥《おい》の関係にある東雲さんはともかく、大室さんと遥希くんに血の繋がりはありません。それなのにあなたは遥希くんを息子だと思えるのですか？」

「思える、ではなくすでに思っています」

「あなたが帰国してまだ半年も経っていない。たった半年で、そうまで思えるものですか？」

自分と立場はそう変わらないとでも言いたげなその物言いに、思わず顔を顰《しか》める。

――一緒にするな。

そう吐き捨てたい気持ちを堪《こら》え、悠里は事実として宮木と自分の違いを突きつける。

「半年の付き合いではありません。遥希のことは、夏帆さんのお腹の中にいる時から知っています」

宮木はあからさまに訝《いぶか》しむ。

「それは、どういう……花織さんと付き合ったのは、帰国してからではないのですか？」

この質問に答えるには、花織と一度別れた過去について話さなければならない。しかしそれで目の前の男が納得するのならと、悠里は淡々と事実のみを伝えた。

自分と花織は六年前の時点ですでに付き合っており、夏帆とも交流があったこと。その後、花織と婚約したもののその矢先に夏帆が亡くなり、自分は仕事を、花織は遥希を選んだこと。しかし今年の四月に再会して再び婚約するにいたったこと——

「こちらをご覧ください」

悠里が自身のスマホを差し出すと宮木は眉根を寄せた。

「……なんです？」

「夏帆さんと遥希の写真です」

宮木の表情が変わる。

彼に見せる写真は事前に一つのファイルにまとめておいた。もちろん花織にも確認済みだ。

「ご覧になりますか？」

「失礼します」

食い気味にスマホを受け取った宮木は、画面に視線を落とす。

そして、彼はスマホを持っていない方の手のひらで己の口元を覆った。

スマホの画面には大きく膨らんだお腹を愛おしそうに撫でる夏帆の姿が映っている。

「それは臨月の時ですね。私と花織と夏帆さんの三人でベビー用品を買いに行った帰りに、食事をした際の写真です。スライドしていただければ他の写真も見られますよ」

「これは……？」

「出産して二日目に花織と見舞いに行った時のものです」

夏帆と遥希、悠里と花織が映るそれは病室で看護師に撮ってもらったものだ。

宮木は食い入るように次々と写真を見ていく。

そのたびに「これは？」と聞いてくる宮木に悠里はよどみなく回答した。

やがてスライドする宮木の指先がぴたりと止まり、テーブルの上にぽたりと雫《しずく》が落ちる。

「──っ……」

宮木は両手で顔を覆う。悠里がスマホに視線を向ければ、そこには一歳の頃の遥希に頬を寄せて輝くように微笑む夏帆が写っていた。

「夏帆……」

今にも消えてしまいそうな小さな声は、こちらの胸が痛むほどの悲痛の色を宿していた。

──ああ、この人は。

(今も、夏帆さんを想っているんだな)

名前を一言呼んだだけでも十分伝わってくるほどに、今なお宮木の中には夏帆がいる。

二股をするような男に共感はできない。

それでも、たった一人の女性を失う恐ろしさだけは理解できる気がした。

悠里は一度、花織を失っている。その時でさえ耐え難いほどの痛みを感じたのに、想い人が亡くなっていると知った時の宮木の喪失感は計り知れない。

それでも、言わなければいけないことがある。

「私にとって、遥希はもう『他人の子ども』ではありません。血の繋がりの有無《うむ》は関係ない。――あの子は、俺の息子です」

「っ……！」

「そして今のあの子の母親は、花織です。夏帆さんが亡くなってから、彼女は懸命に遥希を育ててきた。そんな大切な子を突然『引き取りたい』と言われた時の彼女の気持ちを少しは考えていただきたい。それも、遥希にそっくりなあなたから」

「……………」

「それでも俺たちは、相談してあなたと遥希を会わせることを決めました。男としては最低なあなたでも、遥希に会いたがっている気持ちは本当だと思ったからです。――でも、今はここまでだ」

強く言いすぎている自覚はあるが、これは必要な線引きだ。

「DNA検査をするのか、どのタイミングで遥希に父親があなただと伝えるのか、今後の面会交流について……話し合わなければいけないことや、決めなければいけないことはたくさんあります。でも今は、会えるだけでよしと思ってください。そして重ねて言いますが、引き取るという選択肢はあり得ないことだと認識してください。それができないのであれば、今日のところはお引き取りを」

譲るつもりは一切ないことを言葉と態度で示す。

初めは悠里が遥希の父親を名乗ることを快《こころよ》く思っていない様子の宮木だったが、話し終えた今ではすっかり意気消沈しているようだった。

しかし彼は席を立つことなく「わかりました」と頷いたのだった。

◇――＊◆＊――◇

『これからそっちに向かうよ。あと、夏帆さんと遥希の写真を見せた。宮木さん、泣いてたよ』

少し前に悠里から届いたメッセージを読み返している時、「かおちゃん！」と呼ばれる。

「おとうさんまだー？」

「もうそろそろ来ると思うよ」

公園の四阿《あずまや》の椅子に座る遥希は「おそいなぁー」と足をぶらぶらさせる。

週末に悠里と公園で思う存分遊ぶ時間を、遥希はいつも心待ちにしている。それなのに今日はなぜか別行動ということもあって、公園に到着した時から遥希はご機嫌斜めだった。

それでもなんだかんだ三十分ほど花織と一緒に遊具で遊んだり散歩をしたりしたのだが、そろそろ我慢の限界が近いらしい。頬を膨らませてぷりぷりと怒っている。

いけないと思いつつも柔らかなその頬をつんつん、と指でつつくと、たちまち遥希は表情を崩して「やめてよ、くすぐったいよ！」と、きゃっきゃと笑った。

その様子があまりに愛らしくてぎゅっと抱きしめると、笑い声はますます大きくなった。

「もう、かおちゃんったら、ほんとうにぼくのことが好きだなあ」

照れたようにはにかむ仕草さえ可愛らしくて、少し乱れた髪の毛をぐりぐりと撫でてしまう。

（可愛い、大好き）

キュートアグレッション。食べちゃいたいくらいに可愛いという感覚は、きっと今のような気持ちを言うのだろう。花織の体にすっぽり収まる小さな体の温かさに心地よさを感じると共に、改めて「渡さない」と心に強く誓う。

『遥希の母親は花織だ。その君が遥希の気持ちを疑ってどうする？』

あの夜、優しくも厳しく活を入れてくれた悠里に、花織は目の前が開けるような気がした。同時に取り乱した自身を恥じた。全て悠里の言う通りだと思ったからだ。

（しっかりしないと。私が弱気になってどうするの）

遥希はこんなにも自分を慕《した》ってくれている。それを信じずに何を信じると言うのだ。

「あっ！」

その時、不意に遥希が声を上げる。抱擁《ほうよう》を解けば、遥希はぴょんと椅子から飛び降りた。

遥希が見た方向に目を向ければ、こちらに向かって歩いてくる悠里と宮木が見えた。

「おとうさん、おそいよ！」

「ごめんな」

甘える遥希を抱き上げて笑う悠里。見慣れたはずの光景にたまらなく安心する。次いで視線を二人の一歩後ろに立つ宮木に向ければ、彼は小さく頭を下げた。

花織も無言で同様に挨拶《あいさつ》を返すと、地面に下りた遥希もまた宮木を見る。

「だれ？」

「あ……」

宮木がほんの一瞬体を震わせる。目が合っただけなのに、その顔は今にも泣きそうだった。

すると、それに気づいたのだろう悠里が助け舟を出す。

「この人は宮木さん。俺と花織の知り合いだよ」

「しりあい？　おともだちってこと？」

「あー……そうなる、かな？」

花織からすれば知人ですらないほとんど他人だが、さすがにそう答えるわけにはいかないのか悠里は言葉を濁《にご》す。一方の遥希はそれに違和感を持った様子はなく「ふーん」と再び宮木を見た。

「こんにちは！」

「こ、こんにちは」

宮木は被せ気味に返事をする。

「今あそこでかおちゃんときゅうけいしてたの。でもげんきになったからもうあそべるよ！　おとうさん、ブランコおして！」

「わかった。宮木さんも一緒でいいかな？」

「いいよー。みんなで行こ！」

ごく自然に遥希は悠里と手を繋いで歩き出す。同時に宮木が動かしかけた手を下げて、強く拳《こぶし》を握るのを花織は見た。

「私たちも行きましょう」

「……はい」

前を行く遥希と悠里の後に、宮木と続く。

ブランコのある広場まではそう距離はないのに、気まずいといったらなかった。

悠里もこちらを気にして何度か振り返るが、花織は「大丈夫」という意味を込めて笑顔で頷く。

その間も、隣の宮木の視線は食い入るように小さな背中を見つめていた。

広場に到着すると花織はベンチに座り、他の三人は遊具の方に向かう。

笑顔でブランコに乗る遥希を押すのはもちろん悠里だ。さすがに可哀想だと思ったのだろう。悠里が宮木に声をかけて押す係を代わろうとするが、それは叶わなかった。

「おとうさんがおして！」

花織のところにまでそんな声が聞こえてきたからだ。

その後も滑り台やシーソー、ジャングルジムと色々な遊具で遊んでいるが、遥希が一緒に遊びたがるのは悠里だけで、一向に宮木に近寄らない。

最初は、初対面の大人に緊張して避けているのかと思った。でもそうでないとわかったのは、宮木が話しかければ遥希は笑顔で返事をしていたからだ。しかし、その逆は一度もない。

避けているのでも、怖がっているのでもない。ただただ、遥希は宮木に関心がないのだ。

子どもは純粋な生き物だ。だからこそ時に残酷でもある。

悠里にはすぐに懐《なつ》いた遥希だが、多分宮木には興味のかけらすら抱《いだ》いていない。

今のあの子の頭を占めているのは「おとうさん」と「遊び」の二つ。

下手《へた》をすれば、聞いたばかりの宮木の名前すら覚えていないかもしれない。

(悠里さんの時とは違う)

彼にはもともと遥希と一緒にいた過去の土台があったし、花織も写真を見せて名前を教えていた。

何よりも、悠里自身が遥希を第一に考えてくれていたのが大きい。身勝手な宮木とは違うのだ。

それでも、「ざまあみろ」とまでは思えなかった。それは多分、遥希を見た瞬間、宮木が泣きそうな顔をしたのに気づいてしまったからかもしれない。

「隣に座ってもいいですか?」

二人の背後霊のような状況に心が折れたのか、宮木は花織のもとにやってくる。

断るわけにもいかず、花織が頷くと、彼は人一人分の距離を空《あ》けて隣に座った。

しかし、会話はない。

「……遥希と遊んでいただきありがとうございました」

沈黙に耐えかねて声をかければ、宮木は「いいえ」と苦笑する。

「僕は何もしていませんよ」

そして宮木は、遥希の方に視線を向けたまま消え入りそうな声で言った。

「……遥希くんは、大室さんのことが本当に好きなんですね」

「そうですね。とても懐《なつ》いていると思います。彼も本当に遥希を可愛がっていますから」

遊び相手としてはすでに花織も敵《かな》わないほどに、悠里は遥希の相手をするのが上手い。

「見ていてわかります。僕が入る隙間なんて、少しもありませんでした」

「あると思っていたんですか?」

つい本音をこぼすと、宮木は力なく「手厳しいな」と苦笑する。

「ごめんなさい、つい……」

「いいえ。全て東雲さんのおっしゃる通りです。会えばきっと……なんて期待していた僕が間違っていた」

当たり前だ、と花織は内心で思った。

血の繋がりは確かに大切なものだと思う。でも血縁上の親子なら初対面でもわかり合えるなんて、そんな都合のいいことは現実ではそうそう起こらない。子育てはファンタジーではないのだ。

「遥希くんにとっての父親は大室さんだということが、よくわかりました」

感情を抑えるように宮木は拳《こぶし》を強く握る。そして、先日会社を来訪するにいたった経緯を語った。

「……遥希くんの存在と状況を知った時、『僕がなんとかしなければ』と思ったんです」

「あなたが?」

「はい。東雲さんはまだ若く、交際中の恋人がいる。もしこの先結婚なんてことになれば、遥希くんのことが邪魔になるのではないか、それなら僕が引き取ろう——そんな風に考えました」

邪魔。不愉快な言葉に思わず眉根を寄せれば、宮木はすぐに「すみません」と謝罪する。

「でもそんなのはただの思い込みでした。お二人が遥希くんをとても大切に想っているのは、お話からも、こうして見ていても伝わってきます。あなたたちはもう家族なんですね。——邪魔なのは、僕の方だ。軽率に彼を引き取りたいなんて口に出したことを、お詫びいたします」

そう言って、宮木は視線を遥希から花織に向ける。

「その上で、東雲さんにお願いがあります」

「……なんでしょう」

警戒する花織に宮木は言った。

「この先二度と、お二人の許可なく遥希くんに近づいたり、父親だと名乗ることはしないと約束します。ですから……どうか夏帆と、遥希くんの写真をいただけませんか？」

「え……？」

「先ほど大室さんに見せていただきました。そのデータをいただきたいんです。そして……もしも許していただけるのであれば、これから年に一度でも、一枚でもいい。遥希くんの写真を送ってほしいんです」

加えて彼は「夏帆のお墓参りをすることを許してほしい」と願い出る。

花織はすぐに答えられなかった。突然押しかけてきて遥希を引き取ると言った時からは考えられないほど控えめな頼みだったからだ。

「どうか……お願いします」

遥希とよく似た面差しの男は瞳を揺らして懇願する。

宮木透。大好きな姉を裏切った最低な男。同時に、大好きな姉が愛した男でもある。

本音を言えば彼とは二度と関わりたくはない。それでも彼が姉を想い、遥希を気にかける気持ちに嘘はないように思えた。

いつの日か、成長した遥希が実の父親について考える日はきっと来るだろう。

花織と悠里がどれほど彼を愛し、慈《いつく》しんでも、それはある意味とても自然なことだ。

そしてその時、花織は遥希に「あなたは皆に想われているのだ」と伝えたい。だから。

「――わかりました。お墓の場所は後でご連絡します。悠里さんが見せたというデータもお渡ししますし、毎年、遥希の誕生日に撮った写真を送ることもお約束します」

「本当ですか……？」

「はい。でも、それだけです」

それ以上は望まれても応《こた》えられない。そうはっきりと伝えれば、宮木は「それで十分です」と心から微笑んだ。

それから少しして、遥希と悠里が花織たちのもとに戻ってくる。

時刻は十二時過ぎ。今日の公園遊びはこれで終わりだ。

それはすなわち、遥希と宮木の別れの時でもある。

結局、遥希は最後まで悠里と遊ぶのに夢中だった。三人と宮木は共に公園の出口まで向かう。

そして、別れ際。

「遥希くん」

悠里と手を繋ぐ遥希の目の前に宮木はしゃがみ込む。そして、柔らかな声で静かに聞いた。

「遥希くんは今、幸せ？」

突然何を聞くのか、と花織が口を出すより先に遥希は言った。

「しあわせって、なに？」

「そっか……難しかったね。遥希くんは、毎日楽しい？」

質問の意味がわかったのか、遥希は笑顔で「うん！」頷いた。

「たのしいよ！　おとうさんができてからは、もっとたのしい！」

「そうか……そうなんだね」

宮木は今にも泣きそうな笑顔で頷く。そして、花織の方を見た。

「最後に一度だけ、彼を抱っこしてもいいですか？」

花織は一瞬悩む。そして、遥希に聞いた。

「宮木さんが遥希のことを抱っこしたいんだって。どうする？」

「いいよー！」

遥希は迷うことなく両手を広げる。すると宮木はきゅっと唇を引き結び、そして遥希をそっと抱き上げた。

「遥希くん」

「なあに？」

「今日は、一緒に遊んでくれてありがとう」

「どういたしまして！」

宮木はそっと小さな体を地面に下ろす。そして、遥希の頭をさらりと撫でた。

「じゃあ、元気でね」

「バイバイ、またね！」

「っ……！」

またね。

何気なく遥希が言ったその言葉に堪《こら》えきれなかったように、宮木は袖口《そで》で目元を拭う。そして、

「またね」と口にすると、花織と悠里に向けて深く頭を下げて去っていったのだった。

「悠里さん」

「ん？」

「……今日、あなたがいてくれてよかった」

今の気持ちをそのまま言葉にする。

それに対して返ってきたのは、

「ぼくもいるよ！」

という、元気な遥希の声だった。

思わぬところから返事が来て、花織と悠里は顔を見合わせる。そしてどちらからともなく噴き出した。

「今日だけじゃない」

くすくすと肩を震わせて笑いながら、悠里は微笑んだ。

「これからもずっと一緒にいるよ」

10

一月下旬の大安、吉日。

晴れ渡る冬日和《ふゆびより》のその日、花織と悠里は結婚式を挙げた。

参列者は遥希、そして悠里の両親の三人だけという小さな式。

義父となった悠里の父と共に式場に入ると、待っていた義母がベールダウンをしてくれる。そうして義父と共にゆっくりとバージンロードを進んだ。

視線の先では白の礼服を着た悠里が待っている。普段は軽く下ろしている髪を後ろに撫で付け、熱い眼差しをこちらに向ける悠里は、ため息が出るほどかっこいい。

昨年末のクリスマスに入籍を済ませて、花織は大室花織となった。悠里ともすでに同じ家で暮らしている。それなのに今改めて花織は彼に恋をした。

――こんなにも素敵な人が、私の夫。

その事実を改めて噛み締めると、幸福感と誇らしさで胸がいっぱいになる。涙腺が緩んで少しだけ洟《はな》を啜《すす》ると、義父が「泣くのはまだ早いよ」と優しく声をかけてくる。

その穏やかな眼差しは悠里によく似ていた。

やがて悠里のもとに到着すると、義父は笑顔で席に座り、花織は夫と共に牧師のもとに向かう。

讃美歌を歌い、誓いの言葉を述べた後、式場のドアが開き、黒のタキシードを着た遥希がリングボーイとして現れる。

少し緊張した面持《おもも》ちの遥希がゆっくりと祭壇に向かって歩いてくる。その様子に花織が心の中で「頑張れ」と応援した、その時。

「——頑張れ、遥希」

隣でそんな小声が聞こえた。

見れば悠里がじっと遥希を見つめている。その横顔は子どもを応援する父親そのものだ。

彼が本当に遥希を想ってくれているのが伝わってきて、喜びと嬉しさで胸がぎゅっとなる。

それは、遥希が目の前に到着した瞬間ピークに達した。

「かおちゃん、すごくかわいい！」

お姫様みたい、と輝くような笑顔で言われた瞬間、たまらず花織は遥希をそっと抱きしめる。

「遥希」

「なに？」

「大好きだよ」

「ぼくも！」

にこっと笑い、遥希は祖父母の間にちょこんと座った。

その後、花織と悠里は指輪の交換をする。

誓いのキスをするために悠里の手がベールを上げる。視線が重なり、微笑み合う。

そして、誓いの口付けは交わされた。

◇

結婚式を終えたその夜。

宿泊先のホテルのベッドに横たわった花織は、左手の薬指を天井《てんじょう》に向けて掲げた。

キラリと光る結婚指輪を見つめていると、今日一日の出来事が頭の中を駆け巡《めぐ》る。

――夢のように幸せな一日だった。

誰よりもかっこよくて素敵な悠里と、最高に可愛い遥希、そして温かく見守ってくれた義父母。

大切な人々と共に挙げた結婚式は想像していたよりもずっと幸せに満ちたものだった。

(悠里さんには本当に感謝しないと)

当初、花織は結婚式をするつもりはなかった。

入籍するだけで十分だと思っていたからだ。しかし、意外にも悠里はそれに否《いな》を唱《とな》えた。

悠里曰《いわ》く『花織のドレス姿を見ないなんてあり得ない』らしい。彼は、一度目の婚約の時に花織が結婚式を挙げたがっていたのを覚えており、真っ先に遥希を味方につけた。

『遥希も花織にドレスを着てほしいよな？』

『ドレス？』

『お姫様みたいな花織を見たくないか？』

『見たい！』

大好きな二人がそうまで言ってくれるなら……と、花織は悠里の厚意に甘えることにした。

相談した結果、式はホテルの会場を選んだ。参列者は遥希の他に義理の両親だけ。ならば宿泊先も兼ねたホテルウェディングにすれば義父母の負担も少ない。

挙式後、五人はホテル内のレストランで食事をとった。

今夜、遥希は義父母の部屋に泊まることになっている。新婚初夜ということで二人が気を遣ってくれたのもあるが、それ以前に遥希が祖父母と泊まりたがったのだ。

再会してから初めて悠里と二人きりで過ごす夜。滅多にない機会を嬉しく思う気持ちはもちろんあるが、それ以上に遥希のことが気になった。

「……遥希、大丈夫かな」

「多分平気だと思うよ」

ぽつりとこぼした独り言に答えが返ってくる。驚いて上半身を起こせば、バスローブ姿の悠里が立っていた。花織に続いて入浴を終えた悠里はベッドの縁に腰を下ろす。

「さっき母からメッセージが来てた。遥希はもう寝たそうだよ」

義父と一緒にお風呂に入った遥希は、そう時間をおかずに就寝したという。夫からの報告に花織が「よかった」と安堵の息をついた次の瞬間、花織の顔に影がかかった。

ちゅっという音と共に唇に柔らかなものが触れて、離れていく。

キスされたのだと自覚した時には、花織はベッドに押し倒されていた。

「遥希のことは心配しなくて大丈夫。だから、これからは夫婦の時間だ」

「あ……」

「抱くよ」

抱いてもいいか、と問うのではない。

抱く、と言い切った悠里の顔は紛れもない男のものだった。隠しきれない情欲を宿した瞳が花織を見下ろしている。その強すぎる眼差しに花織の中の女がたまらなく疼《うず》いた。

――抱いてほしい。

彼に、この人だけに触れてほしい。一つになりたい。

本能にも似た衝動が体の内側から湧き上がる。

想いを通じ合わせてからも、入籍してからも彼とは体を重ねてきた。だがいずれの時もできるだけ声を出さないように気をつけていたし、遥希が夜泣きをして中断することもあった。

でも、今日だけは。

「抱いてください」

両手を愛する夫の首の後ろに回して、花織からもキスをする。わざと唇をやんわりと食《は》んで音を立てれば、悠里は驚いたように瞳を揺らした。

「ひどくしてもいいです。悠里さんを感じたいの」

体に、心に刻みつけてほしい。

私はあなたのもので、あなたは私のものなのだと。

「ひどくなんてしない」

額や頬に触れるだけのキスを降らせながら、彼は言った。

「ただ、少し無理をさせてしまうかもしれないけど」

「無理？」

「とりあえず、一回で終わらないことだけは先に言っておく」

悠里はすうっと目を細める。そして横たわる花織の肩に顔を埋《うず》めると、耳元で囁《ささや》いた。

「――もう無理って言っても、離さないから」

腹の底に響くような低く艶《つや》めいた声にずぐんと体の中心が疼《うず》く。

声だけで自分の中心が熱を持って潤《うる》むのを感じた。たまらず太ももの内側にぎゅっと力を入れるが、悠里はそれを見逃さなかった。

花織のバスローブをめくり上げた彼の右手が太ももの付け根まで下り、下着に触れたのだ。

布越しに割れ目を数回なぞった指先がするりと隙間から中に入り込み、直接そこを上下に撫でる。

クチュッと淫靡《いんび》な音が花織の耳に届くと同時に、体の中心に甘い痺《しび》れが駆け抜け、体がびくんと震えた。

「あっ……悠里さん、待っ……！」

「待たない」

言って、悠里は鎖骨にきつく吸い付いた。それは一度では終わらず、首筋、そしてはだけた胸元へといくつも痕《あと》を刻んでいく。

濡れた割れ目を上下になぞる直接的な刺激と、皮膚の表面に感じるちくんとした甘い痛み。

「んっ……あ……！」

堪《こら》えきれずに声を上げれば、悠里は再び耳元で「可愛い」と囁《ささや》いた。

——なんていやらしい声をしているのだろう。

声だけで達しそうになるほど悠里の声は甘くて色っぽい。何よりも花織を見つめるギラギラとした熱っぽい眼差しがたまらない。

「花織」

上半身を起こした悠里は荒々しく自身のバスローブを脱ぎ捨てる。

次いで花織のバスローブの紐《ひも》を引き抜けば、ブラジャーとショーツが悠里の眼前に晒《さら》された。

悠里はブラジャーのフロントホックを片手で外す。支えるもののなくなった胸がぷるんと姿を現した。仰向けになってもなお形を崩さない豊かな双丘を見下ろし、悠里はうっとりと笑む。

「恥ずかしいです……」

「どうして？　こんなに綺麗なのに」

そう言いながら、悠里は再び花織の肌に顔を埋《うず》めた。

大きな手のひらがやんわりと緩急をつけて胸の膨らみを揉みしだく。

「あっ、んん……！」

「声、我慢しないで。全部俺に聞かせて」

悠里はピンク色の先端をコリッと食《は》んだ。甘い痛みに耐えきれずに声を上げると、「よくできました」と言わんばかりに先端を舐《な》められる。

その間も彼の右手はもう片方の胸を指で弄《もてあそ》んでいた。

下から膨らみをすくい上げて、指先で先端を摘んで――

緩急をつけた愛撫《あいぶ》に花織はただひたすらに身を委《ゆだ》ねる。先ほど触れられた秘所が疼《うず》いて仕方ない。

すでに下着の用途をなしていないことは花織自身がわかっていた。

――もっと。

胸に触れられながらも、花織はその先を求めてしまう。

――もっと、触れてほしい。深いところを、激しく。

「悠里さ……もう、欲しっ……！」

羞恥心《しゅうちしん》はあるけれど、それを上回るほどに心が、体が彼を求めている。

今宵《こよい》は二人だけ。それはいつも以上に花織を大胆にさせた。

「俺も、君が欲しい」

「ああっ！」

胸から顔を離した悠里は両手で花織の足を大きく開かせると、一気にショーツを引き抜き、その付け根に顔を埋《うず》めた。

「んっ、あっ……！」

温かな舌が濡れた割れ目を舐《な》め上げた途端、花織の腰が浮き上がる。

両手で太ももを押さえられているため逃げることは叶わない。その間も熱い舌は激しくそこを攻め立て、舌先が膣の中に侵入してきた。

「――っ……！」

膣の浅い部分を行き来していた舌が引き抜かれ、陰核にジュッと吸いつかれた瞬間、花織は達した。

体の中を甘い痺《しび》れが駆け抜け、足のつま先がピンと伸びる。脱力して四肢をベッドに投げ出す花織の体を悠里は優しく抱き起こす。そして、自身の膝の上に座らせて向かい合うと、唇を重ねた。

そのまま花織の両足を大きく開かせ、自身の昂《たかぶ》りを蜜口に触れさせる。

「あ……」

そして、気づく。

かつて交際していた時も再会してからも、悠里は絶対に避妊を欠かさなかった。しかし今、視線の先にあるのは避妊具が付いていない剥《む》き出しの彼の象徴だ。

「花織、いい？」

「……はい」

悠里は自身の昂《たかぶ》りに花織の愛液を纏《まと》わせると、先端をゆっくりと挿入させた。

「あっ……！」

つぷん、と生々しい音と共にいまだかつて感じたことのない快楽が背筋を走る。

(何、これっ……)

薄膜が一枚ないだけでこんなにも違うものなのか。悠里の熱を最も深いところで感じる。やがてそれが最奥《さいおう》に到達すると、なぜか無性に泣きたい気分に襲われた。

——一つになった。

それが、胸が震えるほどに愛おしくて、嬉しくてたまらない。

その感情は体にも表れ、花織は無意識に悠里の昂《たかぶ》りをきつく締め付ける。直後、花織の肩に顔を埋《うず》めた彼が「っ!」と小さなうめき声を上げた。

「やばいな……絡みついて、離れない」

そう言って、花織の細腰に両手を添えた悠里は律動を開始した。

「あっ、待っ……!」

「待たない——待てるわけない」

すでに悠里の表情に余裕はなかった。平時は余裕と穏やかな笑みを絶やさない彼は今、自身の上に乗せた妻に容赦なく腰を打ち付けている。

上下に揺さぶられた花織は、支えを求めて両手を彼の首に巻きつけた。

「んっ、悠里さ……気持ち、いい……?」

「最高に。花織、は?」

「私もっ、いいっ……!」

どうにかなってしまいそうなほどに気持ちよくて、たまらない。

激しく花織を揺すり上げながら悠里は噛み付くようなキスをする。

喘《あえ》ぐ唇の隙間から捩《ね》じ込んだ舌で花織の舌を絡め取り、上顎《うわあご》をなぞった。

「好き……」

キスを交わしながら自然と花織の口から漏れた言葉。

心の底から彼が好きだ。

こんなにも愛せる人は悠里だけ。そんな人と結婚して家族になれた喜びを体で、心で感じる。

「大好き……！」

「俺、もっ……」

心の底から出た花織の言葉に悠里はキスと共に返した。

「――愛してる」

そう言うなり、激しさを増した彼の律動に容赦なく攻め立てられ、やがて花織は最奥《さいおう》に熱い射液を注《そそ》ぎ込まれた。

「んっ……」

脳天を貫くような快楽が頭の中で弾けて、目の前が真っ白になる。自分の体の中に放たれた初めての感覚は狂おしいほどに気持ちよかった。

「花織」

「悠里さん……」

見つめ合った二人はどちらからともなく顔を寄せ合い、キスをした。

◇

一度目のプロポーズの時、花織は幸せの絶頂にいると感じた。

でも、それは違った。

再会した悠里と再び恋人になった時、三年ぶりに心も体も結ばれた時、結婚式を挙げた時……悠里は何度だって花織を幸せな気持ちにしてくれた。笑顔にしてくれた。

(家族になってくれた)

結婚して一年三ヶ月。花織は、何度目かわからない多幸感に包まれていた。

季節は春。

小学校の体育館の保護者席に座る花織と悠里は、その時が来るのを今か今かと待ちわびていた。

花織の膝の上には姉・夏帆の笑顔の写真が、悠里の手には最新のビデオカメラがある。

それからすぐに体育館のドアが開き、初々《ういうい》しい新入生たちが入場してきた。

(遥希!)

その中に最愛の息子の姿を見つけた瞬間、花織は一気に相好《そうごう》を崩した。すぐに夫に遥希の居場所を教えようと隣を向くと、すでに彼はその姿をビデオカメラに映していた。

さすがは悠里、抜かりがない。

胸元にリボンをつけた遥希は少し強張《こわば》った顔をしている。しかし、その目が花織たちを捉《とら》えた瞬間、遥希の顔にぱぁ……と笑顔の花が咲いた。

優しくて、明るくて、可愛い。大切で最愛の宝物。

（お姉ちゃん）

ちょこんと新入生用の椅子に座る後ろ姿を前に、花織は心の中で姉に呼びかける。


遥希はこんなに大きくなったよ。

お姉ちゃんに似て、優しくて明るい、本当にいい子です。

これからも私と悠里さんで力を合わせて大切に育てていきます。

だからどうか見守っていてね。


今も遥希は、毎朝欠かさず夏帆の写真に『ママ、おはよう』と挨拶《あいさつ》をしている。

姉と遥希が一緒にいられたのは二年にも満たない短い間だ。

それでも、遥希の中には今も夏帆が生き続けている。

もちろん、花織の中にも。


その日の夜。

いつものようにベッドの上で、親子三人で横になっていると、不意に悠里は妻の名を呼んだ。

「花織」

真ん中ですやすやと眠る遥希の髪の毛を撫でながら、彼はとろけるような甘い眼差しを花織に向ける。

「俺を遥希の父親にしてくれてありがとう」

突然の感謝の言葉に花織は目を丸くする。

「俺、頑張るよ。この子のいい父親になれるように、これからもっと努力する」

遥希を起こさないためか、その声はとても小さい。しかし、これ以上なく強い意志を感じる言葉に、花織は小さく首を横に振った。

彼は、気づいているだろうか。

そう言葉にする時点で、すでに十分すぎるくらいいい父親であることに。

「そのままでいてください。私も遥希も、今の悠里さんが大好きなんですから」

素直な気持ちを伝えれば、悠里は照れくさそうにはにかむのだった。

エタニティ文庫

夫の深すぎる愛に溺れる！

エタニティ文庫・赤

カラダからはじめる溺愛結婚
～婚約破棄されたら極上スパダリに捕まりました～

エタニティ文庫・赤

結祈みのり　　装丁イラスト／海月あると

文庫本／定価 704 円（10％税込）

突然婚約破棄された美弦《みつる》は、酔った勢いで初対面の男性と一夜をともにし、婚姻届にサインをしてしまう。実は彼は自社の御曹司！　契約結婚を承諾するが、「俺は紙切れ上だけの結婚をするつもりはないよ」と、彼は優しさと淫らな雄の激しさで、美弦を甘く満たしていき――

※エタニティブックスは大人の女性のための恋愛小説レーベルです。ロゴマークの色で性描写の有無を判断することができます（赤・一定以上の性描写あり、ロゼ・性描写あり、白・性描写なし）。

詳しくは公式サイトにてご確認ください。
https://eternity.alphapolis.co.jp/

この作品に対する皆様のご意見・ご感想をお待ちしております。

おハガキ・お手紙は以下の宛先にお送りください。

【宛先】

〒150-6019 東京都渋谷区恵比寿4-20-3 恵比寿ｶﾞｰﾃﾞﾝﾌﾟﾚｲｽﾀﾜｰ 19F
（株）アルファポリス　書籍感想係

メールフォームでのご意見・ご感想は右のＱＲコードから、
あるいは以下のワードで検索をかけてください。

アルファポリス　書籍の感想　検索

ご感想はこちらから

シングルママは極上《ごくじょう》エリートの求愛《きゅうあい》に
甘《あま》く包《つつ》み込《こ》まれる

結祈みのり（ゆうき みのり）

2024年 11月 25日初版発行

編集－本山由美・大木 瞳
編集長－倉持真理
発行者－梶本雄介
発行所－株式会社アルファポリス
〒150-6019 東京都渋谷区恵比寿4-20-3 恵比寿ｶﾞｰﾃﾞﾝﾌﾟﾚｲｽﾀﾜｰ19F
TEL 03-6277-1601（営業） 03-6277-1602（編集）
URL https://www.alphapolis.co.jp/
発売元－株式会社星雲社（共同出版社・流通責任出版社）
〒112-0005 東京都文京区水道1-3-30
TEL 03-3868-3275
装丁イラスト－うすくち
装丁デザイン－AFTERGLOW
（レーベルフォーマットデザイン－hive&co.,ltd.）
印刷－中央精版印刷株式会社

価格はカバーに表示されてあります。

落丁乱丁の場合はアルファポリスまでご連絡ください。

送料は小社負担でお取り替えします。


ISBN978-4-434-34835-8 C0093